소녀와 노인 사이에도
사람이 있다

소녀와 노인 사이에도 사람이 있다

인생의 파도를
대하는 마흔의
유연한 시선

제인 수 지음
임정아 옮김

라이프앤페이지
Life&Page

차 례

1장

어느덧 어른, 세상에 말을 걸다

나의, 나에 의한, 나를 위한 선언 11
소녀와 노인 사이에도 사람이 있다 15
지금 이 순간, 버블 파워 19
화장하지 않을 권리 24
'현역'의 업데이트는 계속된다 29
자영업자로 산다는 것 33
휴가의 맛 38
'전하다'와 '끌어당기다' 42
늦여름의 아이스크림 47
콤플렉스와 욕심의 결말 51
달콤한 우울 56
즐거우면 그걸로 된 거다 60

2장

이 사람들이 있어서 좋다

대체 불가능한 불멸의 쿵짝 67
작은 밥이 제 건데요 72
술과 맛집 선택은 그대의 몫 77
어설픈 여자들의 모임 82
가진 자의 원망 87

자유의 날을 허하노라 **91**
크리스마스 선물이라고 생각하자 **95**
정반대 인간과의 여행 **99**
걱정하지 마, 이 세상은 네 거야 **103**
100년을 살게 된다면 **108**

3장

세상의 시선이 다 옳은 건 아니니까

"죄송합니다"와 유모차, 도대체 왜 **115**
여자의 일생, 연어와 송어 **119**
달라지는 가족의 형태 **123**
모델 사이즈가 된 순간 **127**
선택지는 다양할수록 좋다 **131**
엄마와 아빠, 공동의 무게 **135**
돋보기안경을 쓴 아나운서 **139**
각각의 사정과 배경 **143**
'성격이 좋다'는 건 어떤 의미인가 **147**
모든 이들에게 보내는 응원 **152**

4장

우리 삶에는 이야기가 넘쳐난다

순진한, 남자들의 다이어트 **159**
다이어트의 동기부여 **163**
빙글빙글 돌아가던 소용돌이가 그립다 **167**
모든 단어가 그것, 아니면 저것 **171**
지갑은 나의 분신 **175**
'아무것도 하지 않는 사치'에 안절부절 **179**
낭비와 사치, 절약의 딜레마 **184**
낭비 전문가 **188**
공상 좀 하면 어때서 **192**

5장

어른도 위로받고 싶다

어른도 깜짝 놀라고 상처받는다 **199**
어설픈 완벽주의의 좌절 **203**
서글픔의 씨앗 **208**
우물우물, 아버지의 건강법 **213**
'평생 쓸 물건'을 대하는 자세 **217**
터질 듯한 상복을 입고 **221**
뇌의 기억과 스마트폰의 메모리 **225**

강력한 문지기, 패스워드 **229**

젊을 때 공부해두어야 한다는 말 **233**

12월의 마음가짐 **237**

살아 있어 다행이다 **241**

맺으며

우리 이대로 괜찮은 거다 **246**

일러두기

* 대괄호 속의 설명은 옮긴이가 넣은 것입니다.
* 엔화는 원화가치로 환산해 표기했습니다.

1장

어느덧 어른,
세상에 말을 걸다

나의, 나에 의한, 나를 위한 선언

어느덧 마흔을 훌쩍 넘었다. 아직 젊기는 하지만 틀림없이 아줌마 세대로 정정당당하게 발을 들여놓았다고 할 수 있다. 기분이 아주 상쾌하다.

센 척하는 게 아니다. 이제까지와는 명백히 다른 육체의 변화에 '오, 언젠가 이 앞에는 확실히 죽음이 있겠구나'라고 인식할 수 있게 된 것조차 기쁘다. 몸이 여기저기 부실해진 것을 체감하던 차였다. 무리해도 크게 이상을 느낀 적 없는 건강한 체질로 살아온 나에게 이것은 이제까지 경험하기 어려운 감각이었다.

모든 상황에 안도하고 있어서도 아니다. 입 주변으로 살이 내려오기 시작했고, 볼록한 형태의 기미도 생겼다. 이것은 이것대로 철저하게 맞서려고 한다. 아줌마에 대한 편견을 그대로 짊어질 마음은 전혀 없다. 언젠가는 죽겠지만, 요즘 세상은 어차피 100년은 살아야 하므로 새로운 여성으로서의 아줌마상이 필요하다. 개인트레이너를 붙인 근력운동도 9개월 동안 계속하고 있는데, 결과야 어찌 됐든 신참 아줌마는 아연실색할 정도로 기운이 넘쳐흐르고 있다.

내가 처음 스스로를 아줌마라고 부른 것은 언제였을까? 아마 10대 끝무렵이었을 것이다. 지금 생각하면 이상한 이야기지만 그 시절엔 '내가 20대라니 벌써 아줌마야'라고 꽤나 진지하게 생각했다.

하지만 현실에서 20대는 아줌마가 될 리 없다. 아줌마 예비군조차 못 된다. 그렇다는 것은 어른조차 아니라는 것이다. 20대는 날마다 여기저기서 젊음이 폭발하고, 폭죽을 터뜨려 주변을 소란스럽게 만드는 것이 일상인 나날이었다.

30대를 눈앞에 두니 이번에는 다른 사람으로부터, 주로 남성으로부터 이따금 아줌마라는 말을 들었다. 상대가 반은 장난이었다는 것은 충분히 알고도 남기 때문에 그것을 진지하게 받아들이면 우스워진다. 하지만 초조함과 상처 입은 마음을 숨겼음에도 기분은 좋지 않았다.

30대가 되니 솔선해서 아줌마를 자칭하는 동년배가 하나둘 나타났다. 동시에 자칭이든 타칭이든 아줌마라고 불리는 것을 절대로 허락하지 않는 그룹도 생겨났다. "아줌마라는 것은 이 세상에 존재하지 않아"라며 단호한 태도로 온 힘을 다해 아줌마를 거절한다. 마치 방송금지 용어처럼 말이다. 그것은 그것대로 힘이 드는 일이니, 여전히 아줌마라는 말과 30대의 궁합은 별로 좋지 않았다.

40대. 드라마 제목이기도 한 '어라운드 포티Around Forty'라는 말의 지팡이에 의지하면서 육체의 변화에 처음에는 놀라고, 그 뒤 고통에 순응하다 보니, 어느새 40대 중반이 되어 있다.

슬며시 노안이 시작되었는지 저녁이 되면 눈의 초점이 맞지 않는다. 컴퓨터 화면 보기도 어렵다. 그러나 마음의 시야는 확실히 넓어져 있다. 이 얼마나 산뜻한가. 나는 자타 공인 아줌마가 되었다.

가짜 자칭으로 시작해서 때로 타인에게서 장난스러운 말로 던져지다가, 동세대의 종파 분열을 거쳐 나는 드디어 아줌마라는 말을 내 것으로 할 수 있게 된 느낌이 든다. 누구를 위해서가 아니라 나의, 나에 의한, 나를 위한 아줌마 선언이다.

진짜 아줌마에게는 "나는 아줌마니까"라고만 하면 어디든 통과할 수 있는 전 영역 프리패스가 발행된다. 이 주문을 외치면 상대는 대체로 "그렇다면 할 수 없지"라며 물러난다. 지금까지는 가짜 아줌마였기 때문에 세상이 그것을 허락하지 않았다.

얼굴이 보이지 않는 세상 따위는 그저 피식피식 웃어넘기기만 하면 그만인데, 그럴 때도 이 주문은 효과가 있다. "이제 아줌마라니까"라든가 "아줌마니까 그렇지"라고 하면 되는 것이다. 거기에 의미 따위는 없어도 된다.

아는 척을 할 필요가 전혀 없다. '글쎄 아줌마라니까. 몰라도 당연하겠지?' 머릿속에서 전 영역 패스를 꺼내 드는 세상 아줌마의 이미지와는 반대로 여러 가지 일을 거침없이 해보려고 한다.

세상이 "아줌마니까" 하고 얕보고 있는 동안이 아주 절호의 기회다. 나의 진의를 절대 눈치 채게 해서는 안 된다.

아, 빨리 주문을 외치고 싶다. 마치 마법사가 된 것처럼!

소녀와 노인 사이에도 사람이 있다

철들 때쯤부터 엄마의 입버릇은 "배를 차갑게 하지 마라"였다. 항상 배꼽까지 가리는 바지를 입는 것은 당연했고, 취침 시에는 면 소재 천으로 배를 둘러야 했으며, 겨울에 외출할 때는 타이즈 위에 털실로 된 바지를 입었던 기억도 있다.

철저한 방한 대책의 결과, 나는 배에 조금이라도 바람이 들면 바로 불안해지는 어른이 되어버렸다. 10대 후반의 바지에 민감하던 시절에도 배꼽 아래밖에 덮지 않는 타입은 어쩐지 불안해서 입을 수 없었고, 배꼽패션(이 무슨 폼 안 나는 표현인가!)이나 골반 바지 같은 건 당치도 않았다.

아무튼, 배 주변이 휑하면 안정이 되지 않는다. 과도한 복부

보호 정책은 내 배를 응석받이로 만들었다.

마흔을 넘긴 지금까지 나는 여전히 배꼽까지 확실히 가리는 타입의 바지를 애용하고 있다. 초겨울부터 봄까지는 털실로 된 바지와 배가리개가 합체된 것 같은 '복대 바지'도 세트로 입는다.

나이가 있으니 거들이나 입을 것이지 하겠지만, 몸을 조이는 것은 아주 싫어하니 무리다. 헐렁헐렁해도 싫고, 꽉 조여도 안 되고. 내 몸이지만 어지간히 제멋대로다.

작년까지는 인터넷사이트에서 구입한, 명백히 젊은 사람용이라고 여겨지는 파스텔 컬러의 줄무늬 복대 바지를 입었다. 밖에서는 보이지 않으니 뭐든 괜찮지 않을까. 하지만 봄에는 조금 덥다.

어차피 4월 중순까지는 입겠지. 그렇게 생각하고 얇은 것을 새로 준비하기로 했다. 복대 바지 팬은 나 말고도 많은 듯, 온라인 숍의 이미지컷을 보면 매년 종류가 늘어나고 있는 것 같다.

하지만 하나 걸리는 것이 있었다. 디자인적으로 노인용과 소녀용의 사이가 뻥 뚫려 있는 것이다. 가장자리에 두꺼운 레이스가 둘러진 예스러운 베이지 계열과, 고양이나 개의 캐릭터가 프린트된 귀여운 것 사이에 아무것도 없다. 허무의 황야가 펼쳐져 있다. 가게에 가면 적당한 것을 발견할지도 모르겠지만, 그걸

찾기 위해 외출하기는 귀찮다.

사이트를 순회하던 중에 쓸데없는 장식이 없는 시크한 연보랏빛 복대 바지를 발견했다. 그래 그래 이런 걸 원했던 거지, 하고 가격을 보니 한 장에 2만 원이 넘는다. 복대 바지 한 장 가격으로는 너무 비싸다. 어떻게든 1만 5000원 전후로 사고 싶다. 그 후에도 탐색을 계속했지만, 이거다 싶은 물건을 만날 수 없었다.

내 위주로 생각하니 드는 마음이겠지만, 어떻든지 지금의 40대에게는 '딱 좋은' 것이 너무 적다.

10년 전의 40대는 더 돈이 있었을 것이고, '나이가 들수록 생활수준을 높여가는' 것이 살아가는 긍지였던 것 같다. 하지만 지금의 40대는 적당한 가격대의 것으로도 생활이 돌아간다는 것을 알고 있다. 아무리 사방에서 '질 좋은 것으로 둘러싸인, 정성스러운 생활'을 선전하고 있어도, 필요도 없는 것을 사러 천 원 숍을 들른다. 나처럼 어느새 마흔을 넘겨버린 독신자는 특히 그럴 것이다.

결국 나는 다이소에서 산 어린아이 같은 무늬의 복대 바지를 애용하기로 했다. 가격은 무려 2000원이다. 저렴해서인지, 얄팍한 것이 괜찮다. 한 시즌 입고 버려도 죄책감은 전혀 들지 않을 테고 말이다.

완벽한 쇼핑을 했다는 생각에 웃음을 머금다 이것이 내가 상상하던 40대인가 물어온다면, 숙연해져 머리를 가로저을 수밖에 없다.

부디 제조업 종사자분들이 소녀와 노인 사이에도 사람이 있다는 것을 알아주시길 바란다. 딱 좋은 것을 찾고 있는 새로운 40대들은 적당한 가격의 물건에 기쁘게 지갑을 열 수 있는 시간을 이제나저제나 기다리고 있다.

지금 이 순간, 버블 파워

버블세대라고 하면, 취업 빙하기에 자란 나에게는 눈엣가시다. 언제나 화려하게 옷을 차려입고 기쁨에 취해 있는 상태라 그 기분이 어떤지 나도 입맛만이라도 다셔보고 싶은 생각이 들기 일쑤였다.

정신을 차려보니 인생의 반환점이 보여서 나도 미래에 대한 막연한 불안을 느끼게 되었다. 그러자 이번에는 50대 선배님들의 건강한 모습에 위안을 얻는다.

내가 생각해도 제멋대로인 것 같긴 하지만, 이제야 그 파워를 따라 하고픈 마음이 가득하다. 버블세대 특유의 대범함이 부러워서 참을 수가 없다. 아니 부러움은 예전부터 계속 품고 있었지만 인정하고 싶지 않았을 뿐일지도 모른다.

얼마 전 글을 쓰는 선배와 저녁을 먹었다. 선배는 20대 초반부터 집필을 시작해 그동안 쓴 책이 20권이 넘는다. 30년 가까이 계속 글을 쓰고 책을 낸다는 것이 보통 일이 아니다. 나는 10년도 안 되었는데도 숨이 간당간당하다.

선배는 정기적인 운동으로 자기관리를 하고 있다는 것을 한눈에 알 수 있는 탄탄한 몸과 풍성하고 윤기가 흐르는 머리카락을 가졌다. 미인이기도 하고, 전체적으로 나보다 훨씬 화려하다. 그녀 또한 버블세대다.

나는 선배를 만날 때마다 아이가 잠들기 전에 이야기를 들려달라고 조르듯 버블에피소드를 묻고, 선배는 꼭 그 이야기를 들려주는데, 들을 때마다 '돈이 있는 청춘이란 힘이 있구나'라는 생각이 든다.

서른 살 전후 평범한 샐러리맨이 주식이나 부동산에 손을 대서 포르셰나 BMW를 탔다든가, 음식 값은 당연히 남자가 내야 하는 시절에 더치페이를 해서 구설수에 오르기도 했다는 이야기를 들으면 그렇다. 주말이면 롯폰기의 '킹&퀸'이나 긴자의 'seek', 매주 수요일에는 'M카를로'에 인파가 장사진을 이뤄 줄이 엄청나게 길었는데, 어떻게 줄 서지 않고 들어갈 수 있을지 모두 필사적이었다고 한다.

BMW가 롯폰기의 꽃으로 불리던 시절의 이야기는 언제 들어도 에너지가 느껴진다. 주말에 줄까지 서가며 클럽에 놀러 가는 혈기 왕성한 30대 샐러리맨이라니 지금 그런 강심장은 거의 없을 것이다.

사람의 기질은 사춘기 시절의 경제 상황에 좌우된다고 생각한다. 오일쇼크와 함께 태어난 나는 선배와 인생을 받아들이는 법이 완전히 다르다. 예전에 선배는 몸을 뒤로 젖혀 보이며 "지금도, 오늘보다 내일이 더 나은 날이 될 거라고 늘 생각해"라고 말한 적이 있다. 그녀보다 아래 세대는 그런 생각은 최면에라도 걸리지 않는 한 떠올릴 수도 없다. 정말로 부럽다. 현실은 어떻든지 간에 "태양은 다시 뜬다"라고 믿는 쪽이 틀림없이 인생을 즐길 수 있을 테니 말이다.

나는 약속시간 조금 전에 만나기로 한 메밀국숫집 천막을 열고 들어갔다. 얼마 지나지 않아 선배가 나타나 내 귓가에 "미안, 가게를 착각했어"라고 속삭였다. 메밀국숫집의 상호명이 비슷비슷해서 생각했던 곳과 다른 가게를 예약한 모양이었다.

오리고기가 들어간 카모세이로 소바만 먹을 수 있다면 나는 어디라도 좋았지만, 선배는 도저히 용납할 수 없는 모양이었다.

아마 음식으로 나를 즐겁게 해주려고 했을 것이다. 나였다면 '에이 뭐 어때' 하고 바로 포기해버렸을 텐데.

선배는 "가려던 곳이 여기에서 가까운데" 하고 안타까워했다. 약간 과장하자면 울음이라도 터뜨릴 것 같았다.

"그럼 선배, 여기에서는 조금만 먹고 거기도 가볼까요? 그렇게 하면 위는 필요 이상으로 부풀겠지만, 태양은 분명 다시 뜰 거예요. 선배는 웃는 얼굴이 어울리니까요."

유연한 사고, 빠른 실행력의 선배는 내 터무니없는 꼬임에 넘어가주었다. 현재를 마음껏 즐기려고 노력을 아끼지 않는 점은 버블세대의 미덕이다. 나는 그것을 배웠을 뿐이다.

적당히 맛있는 카모세이로를 15분 만에 해치우고, 걸어서 7분 거리에 있는 목적지를 향해 빠르게 걸음을 옮겼다. 우리는 다시 카모세이로를 시켰다. 내친김에 튀김까지 추가한다. 메밀국숫집 순례를 해본 적이 없었던 터라 두근두근했다.

드디어 나온 카모세이로는 과연 탄성을 자아낼 만큼 맛있었다. 국물도 면도 오리고기도 고명도 모든 것이 짱짱한 각각의 요소가 모여 최고의 명품으로 완성되어 있었다. 선배를 흘긋 보니 '그것 봐. 맞지?'라는 얼굴이다.

버블 이야기가 흥미진진한 나는 마치 회고 취미를 가진 노인

네 같다. 계속 태양을 떠오르게 하려면 옛날을 그리워하거나 아직 알 수 없는 미래에 어렴풋한 불안을 느낄 게 아니라 지금 이 순간을 확실히 즐길 줄 아는 담력이 필요하다.

화장하지 않을 권리

월요일부터 금요일까지는 매일 라디오 생방송이 있다. 졸업하고 12년 정도 회사원 생활을 했지만 매일 아침 정해진 시간에 전철을 타는 것은 처음이다.

가장 가까운 역에서 출발해 오가는 데 이용하는 노선은 관공서 소재지와 오피스 거리를 통과한다.

내가 타는 시간에 대부분의 승객은 회사원으로 보인다. 출근하는 샐러리맨과 함께 승차하는 것만으로도, 나도 진짜 사회인 무리 속에 들어간 듯해서 아주 기분이 좋다.

전철에 탄 여성은 대부분 화장을 완벽하게 하고 있다. 여자라면 으레 그러려니 생각하겠지만, 나는 최근 안면의 미니멀리

즘을 추구하고 있어 평소는 눈썹만 그릴 뿐이다. 그것조차 하지 않는 날도 많다. 그에 대해 직장의 누군가로부터 싫은 소리 들을 일은 없는, 복 받은 환경에 감사하고 있다.

메이크업이 싫지는 않지만, 나로서는 가장의 일종이다. 매일이 핼러윈이 되면 그야말로 난감해진다. 화장은 밤에 놀러 나가기 전에 음악을 들으면서 슬렁슬렁 하는 것이 즐겁다.

물론 매일 아침 화장을 즐기는 여성도 있을 것이다. 그러나 평일에 '오늘은 맨얼굴로'라는 선택지는 가지고 있지 않은 것 같다. 규율이 엄격한 회사일수록, 화장을 하지 않으면 하지 않은 대로 "직장에 다니는 여성의 소양으로서 어떻게 그럴 수 있는가?"라며 의문을 나타내는 사람이 있을 테고, 화장이 짙으면 짙은 대로 눈썹을 찌푸리는 사람이 있게 마련이다. 싫은 소리를 하는 것은 남자들만은 아니다. '남에게 확실한 인상을 주는 것 리스트' 상위에 메이크업이 있다는 데서 여성이 겪는 수난이 비롯된다.

세수하고 수염을 깎기만 하면 되는 남자들에 비해 바쁜 아침 시간에 여자가 밟아야만 하는 절차는 무수히 많다. 여자들이 무의식중에 하는 작업공정을 여기에서 다시 한번 확인해보자. 풀코스 절차는 다음과 같다.

우선 세안 후에 스킨과 로션을 피부에 펴 바른다. 다음에 선크림을 바른다. 그러고 나서 파운데이션을 바르고, 눈썹을 그리고 아이섀도(한 가지 색이 아니다)를 눈꺼풀에 칠한다. 사람에 따라서는 컨실러라고 불리는 짙은 파운데이션으로 기미를 감추고, 아이라인을 그리고, 뷰러로 속눈썹을 말아 올려서 마스카라를 칠한다. 블러셔를 톡톡 두드리고 립스틱을 바르면 준비 완료다. 아침에 샤워를 했다면 머리카락을 말리고 세팅하는 행위도 추가된다. 휴우. 쓰기만 해도 지친다.

모든 것은 소모품이고 짧으면 한 달, 길면 몇 년은 간다. 파운데이션이나 마스카라의 진화는 일취월장하며, 아이섀도의 유행은 계절별로 바뀐다.

당연히 비용이 든다. 조금이라도 유행을 따르지 않으면 얼굴은 한순간에 시대에 뒤처지기 때문이다. 버블시기 여성을 테마로 한 패션과 헤어메이크업을 떠올려보자. 지나치게 화려하고 과장돼 보이지만, 1980년대에는 그것이 일반적이었다. 조금이나마 유행을 의식해서 기초 화장품이나 색조 메이크업 용품을 갖추게 되면, 적어도 한 달에 몇만 원, 비싸면 천정부지로 가격이 올라간다. 한평생 쓰는 양을 계산하면 '소오름'이 돋는다.

아침 러시아워 때 전철은 5분마다 홈에 들어온다. 8시부터 9시까지를 출근 코어타임이라고 생각했을 때, 수천 명, 수만 명의 여성이 일련의 작업을 거치고 나서 승차하는 셈이다.

익숙해지면 화장 자체는 15분 정도면 끝난다. 하지만 그것도 티끌이 모이면 쌓인다. 52주 중에 평일 5일간 매일 15분이라고 계산하면 1년에 약 65시간이나 된다. 수면시간으로 치면 거의 10일분이다.

최근 한 달간 시험 삼아 나도 매일 아침 화장을 하고 출근 전철을 타려고 해보았다. 기간 한정 '제인 수 메이크업 챌린지'를 틀림없이 해내겠노라. 아침 일찍 일어나 샤워를 하고 머리카락을 말리고 파운데이션부터 립스틱까지 완벽하게 보여줄 테다!

그 결과 나는 몹시 지쳐버렸다. 매일 아침 화장하는 데 공을 들이는 것 이상으로 화장을 유지하는 것도 엄청나게 에너지가 드는 일이었다.

땀을 흘려도 손수건으로 얼굴을 벅벅 닦을 수 없다. 통화할 때마다 휴대폰 화면이 지저분해진다. 화장 수정용 파우치를 가지고 다녀야만 한다……. 가장 우울했던 것은 매일 밤 메이크업을 지우는 일이었다. 일단 메이크업을 했으면 비누로만 싹싹 씻는 걸로 끝나지 않으니까. 귀찮아, 귀찮아, 너어무너무너무 귀찮아.

동시에 눈썹만 그리고 전철을 타던 나는 사라졌다. 맨얼굴이 부끄러워졌기 때문이다.

말하자면 화장은 남성의 가발 같은 것이다. 한 번 하기 시작하면 공공장소에서 벗을 타이밍을 놓쳐버린다. 스킨헤드 남성, 난 보기 좋다고 생각하지만 지금이라면 그들의 기분을 알 것 같다. 자신감의 문제인 것이다. 아아, 이런 우리, 참 괴롭구나.

'현역'의 업데이트는 계속된다

남의 이야기를 듣거나 읽을 때 "아, 지금 시대에 그런 화법을 쓰다니" 하고 어깨를 푹 떨어뜨리게 되는 일이 있다.

한 번 덜컥하면 나는 그 사람을 머릿속의 '현역 리스트'에서 제외한다. 너무 빨리 정해버리는 게 아닌가 생각할 수도 있겠지만 내 판단이 틀린 적은 거의 없다.

예를 들면, "운동부는 연습 중에 물을 마시지 마라"라든가, "여자의 인생은 남자보다 편하다"라든가, "남자에게 불평하는 것은 못생긴 여자들뿐"이라든가. 믿기 어렵겠지만 아직 이런 말을 하는 사람이 있다.

이들의 코멘트가 잘못되었다는 것은 근래의 데이터나 합리적인 반론이 이미 실증을 마친 상태다. 그럼에도 그런 화법을 사용한다는 것은 가치관도 정보도 갱신되어 있지 않을뿐더러, 갱신된 사람과 대화도 하고 있지 않다는 증거밖에 되지 않는다. 즉 이미 현역이 아닌 것이다.

굳이 그런 식으로 짓궂게 말하는 사람도 있다. 전후 문맥이나 의도를 파악할 필요는 있지만, 아주 소수를 제외하고는 역추세 거래[시장추세의 반대 방향으로 행하는 증권 거래. 계속 하락하는 추세의 종목을 사거나 계속 상승하는 종목을 파는 등의 거래 형태]의 지론을 펼쳐보고픈 단지 튀고 싶은 사람일 뿐이다.

혹시나 하는 마음에, 우습기는 하지만 정면으로 반론해보자.

운동 중 수분 보충에 관해서는, 연습 중이든 시합 중이든 수분 보충을 제대로 하지 않으면 건강에 큰 피해를 미친다고 의사나 트레이너가 분명히 말하고 있다. 근성이나 기합으로 어떻게든 버틸 문제가 아니다. 어떻게든 되겠지 하는 생각은 절대로 안 된다.

여자의 인생에 대해서는, 참정권이 없었던 시절에 비하면 확실히 나아졌다고 할 수 있겠지만, 돈벌이나 사회적 지위의 격차 등 남녀를 상대적으로 보면 결과는 명확하다. "여자는 정신적 압박이 없어서 편하겠지"라고 말하는 이들은 결혼 · 출산의 사회적 압박은 평생 모를 것이다. 그들에게 여자가 편해 보이는 이유는 남자에게는 당연하게 부여된 권한을 많은 여자들은 가지지 못했기 때문이라는 것도 말해봐야 알아듣지 못한다. 남자나 여자나 각각 무거운 짐을 등에 지고 있어 세상 살아가기 힘든 것이 현실이다.

"불평하는 것은 못생긴 여자들뿐"이라고 하면 "이 세상에는 못생긴 여자들뿐"이라는 것 같아서 좀 웃기다. 근래의 페미니즘을 좀 접해보았다면 이런 말은 무서워서 함부로 내뱉지 못할 것이다. 이런 막말을 뱉는 사람이 말하고자 하는 바는 "남자에게 불평하지 않는 것이 미인의 최저 조건"이라는 것인데, 이 말속에 입을 다물라고 위협하는 의도가 비쳐 보인다. 남자에게 불평하는 미인은 얼마든지 있을 테지만, 그런 여자는 그런 말 하는 사람에게는 못생겨 보인다는 뜻이겠지. 차라리 잘되었다. 그런 말을 들으면 지금의 여자들은 가만있지 않는다. 왜냐하면, 의사를 표현했다고 해서 외모에 대해 평가당할 이유도 없고, 외모의 우열을 정할 권리가 타인에게 없다는 것을 잘 알고 있기 때문이다. 이쪽은 이미 업데이트를 마친 것이다.

내가 '논리'도 '이치'도 아닌 '화법'이라고 쓴 것은, '말하는 방법'이라는 의미 때문이다. '말하는 방법'은 전달 방법으로도 바꾸어 말할 수 있겠다. 상대에게 내 의도를 말로써 제대로 전할 수 있는지 없는지야말로 현역인지 아닌지를 판별할 수 있는 포인트다. 화법이 잘못되었다면 귀를 기울일 가치는 없다.

상대방이야 어떻든 자기 할 말만 하는 것이 허용됐던, 잡지나 지상파 TV 프로가 주된 미디어였던 시절과 달리, 지금은 SNS를 비롯해 인터넷 뉴스에도 즉시 댓글이 돌아온다. 좋은지 나쁜지와는 별개로 '뜻이 통하지 않는 말'을 정정할 시간은 거의 주어지지 않는다.

의도가 곡해되어 감정의 불길이 치솟는 사태를 막기 위해서는 기술이나 전략이 필요하다. 그것이 '화법의 갱신'이다. 화법의 갱신에는 정보 업데이트와 새로운 사람들과의 대화가 필수다.

은퇴한 사람의 이야기에도 경청할 만한 것은 많다. 하지만 업데이트된 사항에 대해 낡은 의견을 받아들일 생각은 없다. 청년문화로부터는 물러나더라도, 논의나 의견을 표출하는 데는 현역이기를 바라므로 나 역시 매일 업데이트를 게을리하지 않으려 한다.

자영업자로 산다는 것

8년 만에 긴 여름휴가를 갖기로 했다. 행선지는 바로 발리다.

아시아 쪽 리조트에 묵는 것이 처음이라 좀 흥분해서 좋은 호텔을 골랐다. 해변이나 수영장에서 뒹굴뒹굴하며 주스를 마시거나 질릴 때까지 낮잠을 잘 예정이다. 보통 쉴 때 집에서 하는 일과 별로 다를 것 없지만 장소를 바꾸면 훌륭한 휴가가 될 것이다.

이 원고를 쓰고 있는 지금은 장기 휴가를 떠나기 이틀 전 밤. 아직 일이 남아 있다. 이 일들을 출발할 때까지 모두 끝낼 수 있을까?

계속 여름휴가를 가지 못한 첫 번째 이유는 바로 일이었다.

지금도 그렇지만, 일을 시작하고부터 줄곧 일에 치여 살았다. 30대에는 특히나 심했다. 내가 원해서 그렇게 해왔지만, 남에게는 별로 권하고 싶지 않다.

약 8년 전 나는 회사를 그만두고 집으로 돌아가기로 했다. 여러 사정으로 부모님의 일을 돕기로 한 것이다. 집으로 돌아간다고 해봤자, 결국 같은 도 안에서 움직이는 것이었고 당시 무리를 해서 독립한 집에서 부모님 집까지는 30분밖에 걸리지 않았다. 그래서 별로 깊게 생각하지 않았다. 그때는 글을 쓰거나 라디오에서 떠드는 일을 아직 하지 않던 때였다.

가업은 나 이외에는 정사원이 없는 작은 상점이다. 부모님은 이제 은퇴한 거나 다름없었다. 나 혼자뿐인 작은 사무실에서, 오면 반드시 받아야 하는 전화를 끝도 없이 기다려야만 했다. 전화가 울리는 일은 거의 없었지만 울리면 반드시 받아야 했다. 고문이었다.

전화를 받으면 들은 대로 포장 작업을 해서 택배업자가 오기를 기다린다. 태어나서 처음으로 정시에 끝나는 일을 하게 되었건만 하루하루가 터무니없이 길게 느껴졌다. 무엇이든 자기 스스로 꾸려나가야 하는 자영업자란 이렇게나 고독한 것인가 싶어 쓸쓸했다.

그런 일이 큰돈을 벌 수 있는 것도 아니었다. 쉴 새 없이 전화가 오게 만들어 이익을 창출하는 것이 나의 일이었지만, 깨닫기까지 시간이 꽤 걸렸다. '급여란 정해진 날, 정해진 액수가 지급되는 것'이라는 복 받은 회사원의 의식과 '밥값을 벌지 않으면 실수령액은 제로'라는 자영업자의 의식 사이를 메우는 데 1년 이상은 필요했던 것 같다.

회사원과 자영업자는 수고의 질이 전혀 다르다. 심하게 말하면 땡땡이를 치든 말든 받는 액수는 똑같지만, 눈에 띄는 결과를 내더라도 바로 급여에 반영되기 어려운 것이 회사원이다. 인센티브가 있는 영업직 등 예외도 있기는 하지만, 그 경우는 고정급이 낮고 각 개인에게 부과되는 노동량이 무거워진다.

한편, 결과가 나온 만큼 받는 액수가 달라지는 것이 소상공인 자영업자다. 할당된 노동량이 없어 마음 편할 수도 있지만 스스로 결과를 내지 않으면 망하는 것이다.

'매상'이 바로 '벌이'가 되지 않는 것도 괴로웠다. 경비를 마구 써버린 끝에 매출을 높이면 이윤이 적어 수중에 돈이 거의 남지 않았다. 운이 내 편에 서서 생각지도 못한 좋은 성과를 낸 적도 있지만 길게는 이어지지 않았다.

며칠 전 문득 당시의 예금통장을 봤다. 잔고가 20~30만 원 정도인 시기가 꽤 오래 지속되었는데, 용케도 그걸로 살았구나, 하고 나에게 감탄했다.

회사원 시절의 나는 노력한 만큼 평가받지 못하는 것에 항상 불만이 있었다. 그러나 자영업자가 되어보고 나서야 '노력은 그 수고를 치하할 만한 가치는 있지만, 결과를 가져오지 않는 한 평가에는 반영되지 않는다'는 엄격한 현실을 깨달았다. 결과가 나오지 않으면 권한이 늘어난다거나 급여가 높아지는 일은 절대로 없는 것이었다.

그 무렵의 나는 지금 이상으로 한심스러워서 나 이외의 일손을 고용할 여력이 없었다. 인건비는 고비용의 고정비가 되기 때문이다. 그런 이유로 장기 휴가는 나와 관계없는 먼 이야기일 뿐이었다.

지금도 그 작은 장사를 어찌어찌 계속하고 있는데, 드디어 사원이나 아르바이트를 고용할 수 있게 되었다. 나 혼자서 오지 않는 전화를 기다리는 일도 없어지고, 상담 상대가 생겨 회사원 시절을 그리워할 수도 있게 되었다. 협력해서 얻어낸 결과를 다른 사람과 공유할 수 있다는 기쁨은 그 무엇과도 바꾸기 어렵다. 어쨌든 긴 휴가를 갈 수 있다!

그건 그렇고 이제부터는 안정된 매출을 만들어 이익을 확보

해야 된다. 나 혼자라면 어떻게든 되겠지만 급여를 주어야만 하는 입장이 된 것이다. 쉽게 약한 소리를 할 수는 없다.

혼자서 일하든 직원을 고용하든, 자영업자에게 고독은 늘 붙어 다니는 것일지도 모른다. 그러니 이 세상 모든 자영업자분들, 손에 손을 맞잡고 힘냅시다!

휴가의 맛

짜잔! 드디어 염원하던 발리에서의 휴가로구나.

일은 어찌어찌 정리해놓고 나리타 공항으로 향했다. 발리까지 비행은 약 8시간이다.

자는 사이에 발리에 도착했다. 공항을 나서니 우선 습도에 압도되었다. 마치 도쿄의 8월 같다. 저녁인데도 5분도 채 지나지 않아 이마에서 땀이 솟아난다. 어두워서 바깥도 잘 보이지 않는다.

호텔에서 마중을 나와 있을 텐데 하고 약속 장소인 로비에 가보니, 백 명은 넘을 것 같은 인도네시아 사람들로 북적거린다. 모두 손님의 이름을 쓴 종이를 허공에 들고 있다. 공중에 뜬

문자는 독특하게 쓰인 알파벳들뿐이어서 도무지 내 이름을 찾을 수가 없다. 오랜만의 휴가에 들떠서 산 쨍한 녹색 여행용 가방을 끌면서 나는 어슬렁어슬렁 로비를 걸어 다녔다. 덥다. 내 이름을 찾아내기 전까지는 휴가가 시작되지 않는다니, 함정에 빠진 것 같다.

15분은 찾았을까, 독특한 문자가 눈에 익었을 무렵 드디어 내 이름이 쓰인 보드를 발견했다. 미션 클리어!

마중 나온 운전기사의 재촉으로 차에 탄다. 차 안은 시원하게 에어컨이 나오고 있다. 휴, 하고 한숨 돌린다.

운전기사가 카스테레오를 켠다. 인도네시아 민속음악인 가믈란의 음정에 기분이 상쾌해진다. 이것이 발리 느낌, 바로 이런 거지. 도쿄의 발리풍 마사지숍에서 듣던 익숙한 음악이 드디어 나에게 발리를 느끼게 해주었다. '도쿄의 발리'가 '진짜 발리'의 증명이 된다니 이상한 이야기다. 발리가 아니라 파리였다면 '아아, 여기가 진짜 개선문이네' 하는 상황이다. 어째 발리에 도착하고 나서 정답 맞히기만 하는 느낌이다.

체류하는 동안에는 계획대로 철저하게 멍하니 있었다. 바다는 너무 얕아서 수영할 수는 없었지만, 그 대신 풀장을 만끽했다. 절경과 나의 발끝만을 프레임에 넣는, 인스타그램에서 자주 보는 구도의 사진도 찍었다. 이것도 어떤 면에서는 정답 맞히기다.

아침식사 때마다 나오는 신선한 열대과일 주스는 제대로 냉장이 되어 시원했다. 아주 눈이 튀어나올 정도로 달고 맛있다. 리조트는 바로 이 맛이지 하며 계속 꿀꺽꿀꺽 마셨다.

덱 체어에서 잠을 청하거나, 보통 때는 하지 않는 독서도 했다. 하루에 한 번은 마사지를 받았다. 8년 만의 휴가는 머릿속 체크리스트에 나열되어 있던 '리조트다운 것'의 정답을 하나씩 맞히면서 지나갔다.

예상 밖의 일도 있었다. 햇볕에 탄다는 것은 몸의 가장 바깥쪽 피부가 일시적으로 그을리는 것이다, 라고 생각했는데, 40세를 넘기고 나서의 그것은 전혀 달랐다.

말하자면 몸 안쪽에 숨어 있던 기미 예비군이 하나하나 태양 광선에 맞아 깨어나는 현상이라고나 할까. 빨갛게 타기 전에 어깨와 가슴 근처가 얼룩얼룩해졌다. 중년에게 태양은 기미를 깨우는 자명종일 뿐이다.

마지막 날 아침, 여느 때처럼 신선한 주스를 주문했더니, 처음으로 "설탕과 얼음을 넣으시겠습니까?" 하고 물어왔다. 당분을 더하는 것도, 얼음으로 주스가 옅어지는 것도 싫어서 다 필요 없다고 했다.

드디어 나온 주스는 매일 아침 마셨던 그것과는 전혀 다른 맛이었다. 끈적끈적하게 목구멍에 달라붙어 비린내마저 났다. 예쁘게 포장된 남쪽 나라 리조트의 과일이 아니라 원시적인 토착 과일의 맛이었다.

맙소사. 나는 그동안 내내 인공적으로 단맛이 첨가된, 얼음 때문에 맛이 옅어진 과일즙을, 아주 고마워하면서 마셨던 것이다. "리조트는 바로 이 맛이지!"라고 말하면서.

이 주스 사건에 내 휴가의 모든 것이 집약된 듯했다. 여행자용으로 아름답게 트리밍된 리조트라이프. 도시생활자가 당황하지 않도록 예쁘게 포토샵으로 보정한 바다와 과일. 그것에 그대로 만족하는 나.

그래, 속물적이고 나답다. 그리고 몸서리쳐지게 즐겁다. 그러니 그걸로 된 거다.

'전하다'와 '끌어당기다'

보이지 않는 라디오라는 미디어에서는 거짓을 말하면 왠지 바로 들켜버린다. 혼자 내뱉는 음성과 주고받는 대화 사이에는 본질적으로 상대방을 향한 웅변이 있을 것이다.

쓰는 일과 병행하면서 라디오 진행을 한 지도 어느덧 8년, 드디어 '말하다' '읽다' '전하다'의 차이를 알게 되었다.

'말하다'가 유효한 것은, 듣는 상대와 이미 알고 있는 관계에서다. 약간의 배려는 필요하지만, 생각난 것을 떠오른 순서대로 말해도 문제는 없다. 나중에 설명을 덧붙이거나 정정하는 것도 쉽다. 말할 때는 소리에 담긴 개성이나 정감이 언어 이상의 웅변이 된다. "난처했다"고 하면서 사실은 기쁘다는 걸 드러내기도 하고, "걱정이다"라고 하면서 속물근성의 호기심을 내비치기도 한다. 내심으로는 다른 생각을 하고 있다는 것이 전해진다. 즉 의중을 떠보고 싶지 않은 상대와의 대화에서는 "말해봐"라고 하지 않는다.

'읽다'는 읽힐 원고가 존재할 때의 행위. 읽는 사람에게는 무엇보다 음독하는 기술이 요구된다. 읽을 때 지나친 개성은 오히려 방해가 된다. 읽는 기술이 수반되지 않으면 읽는 사람의 억양이나 발음상의 버릇만이 귀에 남아 내용이 잘 들어오지 않는다.

'전하다'는 가장 어렵다. '말하다'와 '읽다'는 행동 자체를 뜻하지만 '전하다'는 목적어가 필요하다. '말하다'에서는 듣는 상대와 시간을 공유할 수 있지만, '전하다'는 상대의 시간을 빌려 쓴다. 정확하게 들릴 것을 대전제로 하여, 음독의 기량에 더해 듣는 사람의 환경이나 마음가짐을 살피는 힘도 필요하다. 상대에 대해 더 생각하고 배려해야 한다.

이 차이를 자각하지 못한 채로 라디오에서 떠들면, 보통은 숨기고 있는, 배에 가득 찬 콜타르가 말 밖으로 새어 나와버린다. '이 사람은 자기에 취해 있구나'라든가 '강한 척하는데 자신이 없군' 같은 알리고 싶지 않은 진실이 말보다 먼저 전해져버리는 것이다.

개인적인 의견을 전할 때는 고집을 내려놓고 높은 곳에서 내려다보듯이 자기를 바라보며 자신의 피부를 한 꺼풀씩 벗겨내는 것과 같은 작업이 요구된다. 쓰는 작업과 조금 닮았을지도 모른다.

며칠 전 같이 일하는 동료가 만담가의 단독 공연을 보러 가자고 해서 같이 갔다. 부끄럽지만 나는 만담에 대해서는 전혀 몰랐기 때문에 시작하기 전에는 긴 공연을 견딜 수 있을지 불안했다.

그날 마지막으로 상연된 만담은 상당히 재미있었다. 만담에서 본편 줄거리에 들어가기 전에 하는 짧은 신변 이야기에서 본편으로의 진입이 너무도 매끄러워서 이음새가 어딘지조차 알 수가 없었다.

눈앞에 있는 만담가는 방석에 앉아 '떠들고' 있는 듯이 보였다. 점점 만담가가 입을 열 때마다 또 몸을 움직일 때마다 머릿속에서 영상이 둥둥 떠오르게 되었다. 어느새 본론에 들어갔다는 것을 뒤늦게 깨달았다.

이게 진짜 대단하다. '말하다'에서 '전하다'로 훌쩍 뛰어넘는 것이다. 눈도 떼지 않고 몰입해 듣고 있었는데 어느새 이야기의 무대가 변해 있다. 이건 마치 환상처럼 느껴졌다. 이야기를 '읽는' 단계는 한순간도 없었다.

등장인물 여러 명 모두를 연기하고 있는 것은 만담가 단 한 명뿐이다. 그런데 모두 다른 사람의 얼굴로 보인다. 분명 눈앞에서 만담가가 떠들고 있었는데 정신을 차려보니 어디에도 없다. 아니 연기하고 있는 것은 만담가가 분명 맞는데. 내 머리가 어떻게 된 건가 하고 생각했다. 뇌 안에서는 끊임없이 영상이 흐르는데 여하튼 나로서는 알 길이 없다. 외국에서 만들어진 시대고증이 빈약한 시대극 같은 종잡을 수 없는 이미지가 떠오른다. 이 부분에는 손들었지만, 집중력이 떨어지는 일은 없었다. 오히려 빠져들수록 잔상처럼 등장인물이 시야에 머무르게 되었다. 어쩌면 환각까지 보였는지도 모른다.

공연이 끝나고 무대에서 떠나기 직전에 다시 만담가가 눈앞에 나타났다. 거기에 만담가가 계속 있었다는 것은 머리로는 알고 있었지만 놀라울 따름이었다.

시계를 보니 한 시간이 조금 지나 있었다. 순식간이었다. 전혀 모르는 이야기인데 모르는 게 하나도 없었다.

이 만담을 보면서 '전하다' 앞에는 '끌어당기다'가 있음을 배운 것 같다.

입으로 말을 내뱉는 생업에 임하는 사람으로서 갑자기 판도라의 상자를 열어버린 것 같아 전율이 느껴졌다. 처절히 나를 돌아보게 된다. 밑바닥에 희망이 남아 있다면 좋을 텐데.

늦여름의 아이스크림

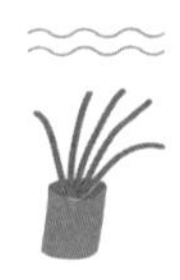

나이가 드니 공복의 형태를 파악하기가 어려워졌다. 동년배와 비교하면 식욕은 왕성한 편이지만, 예전만큼 '뭐든 다 먹을 수 있다'는 아니다.

어릴 때는 눈과 입을 만족시키는 것을 단번에 알았다. 고칼로리, 고지방, 고탄수화물이면 뭐든 좋았다. 먹으면 바로 눈도 입도 위도 만족했다.

거기서부터 '눈이 먹고 싶은 것과 위가 받아들이는 것이 다르다'의 국면을 거쳐 그다음에 오는 단계가 '눈과 입이 뭘 먹고 싶은지조차 모른다'이다. 지금의 나는 여기에 있다.

다시 더위가 찾아온 9월 초, 나는 외출 장소에서 공복을 주

체하지 못하고 있었다. 점심시간이지만, 음식점에서 밥이나 고기나 생선을 먹을 기력은 없다. 슈퍼에서 샐러드를 사서 일하는 곳에서 먹기도 좀 그렇다. 틀림없이 배는 고픈데, 공복을 메울 방법을 모르겠다. 퍼즐을 완성하려고 해도 비어 있는 배의 형태를 모르니 맞는 조각을 찾을 방법이 없다. 나는 무작정 편의점으로 들어갔다.

가게 안을 휘청휘청 걷다 보니 냉동고 앞에 당도했다. 그렇다, 아이스크림이 있다. 차갑고 달콤한 아이스크림을 먹어야지, 하고 생각한 순간 정신이 번쩍 든다.

바로 며칠 전, 더위에 나가떨어져 아이스크림을 와그작와그작 먹고서 곧장 화장실로 뛰어드는 처지가 되지 않았던가. 작년 여름에도 아이스크림은 많이 먹었지만 그런 경우를 당한 것은 처음이어서 쇼크였다. 피로했던 걸까?

하지만 일단 '아이스크림을 먹고 싶다'는 생각이 들면 그 기분을 떨쳐버릴 수가 없다. 위장이 받아들이지 않을 가능성을 충분히 알면서도 이미 뇌에서는 입 안에서 녹는 바닐라 아이스크림 이미지로 가득 차버렸다.

같은 실패는 용서치 않겠다. 나는 사냥감을 물색하는 이리처럼 냉동고 주위를 빙빙 돌았다. 상품을 하나씩 보고 패키지의 사진이나 과거의 기억으로 식감과 맛과 양을 추측하고, 뇌에 모인 데이터를 입과 위에 떨구는 시뮬레이션을 한다. 이건 너무 초코지, 이건 양이 많아. 공복의 형태에 딱 맞는 건 어느 거냐!

옆을 보니 나와 마찬가지로 구석구석까지 훑을 기세로 아이스크림을 고르는 초등학생이 있었다. 살 수 있는 것은 하나로 정해져 있겠지. 내 지갑에는 열 개든 스무 개든 살 수 있는 돈이 들어 있지만, 위장 걱정을 하지 않고 아이스크림을 선택할 수 있는 그 아이 쪽이 나보다 훨씬 풍요롭게 느껴졌다.

5분은 그렇게 있었을까, 정신을 차려보니 아이는 사라졌다. 마음에 드는 것을 발견하고 샀을 것이다. 나는 만반의 준비를 하고 우유 함량이 높은 아이스크림 한 개를 손에 쥐었다. 상큼하게 달콤하고 목 넘김이 매끄러운 셰이크 형태의 아이스크림. 캡이 붙어 있어서 한 번에 다 먹지 않아도 되는 점도 좋다. 완벽한 선택!

계산을 끝내고 일터로 서둘러 갔다. 자리에 도착하니 아이스크림이 딱 좋은 정도로 녹아 있다. 캡을 딱 하고 비틀어 열어 천천히 바닐라맛을 음미한다. 적당하게 차갑고, 적당하게 달콤하고, 적당하게 매끄러운 액체가 목구멍을 미끄러져 위로 내려와 천천히 빈 배를 채웠다.

할렐루야! 요란스럽지만 정말로 그런 기분이다. 공복의 형태에 딱이다. 드디어 퍼즐이 완성된 것이다. 그 후 배가 아파지는 일 없이 기분 좋게 하루를 보낼 수 있었다.

먹고 싶은 것을 사는 데 돈이 부족했던 시절이 그립다. 먹고 싶은 것을 먹고 싶은 만큼 먹을 수 있었던 시절도 그립다. 결국은 지금 이 시절도 영원하지는 않을 것이다. 아이스크림을 즐기는 늦여름은 나에게 앞으로 몇 번이나 더 있을까.

콤플렉스와 욕심의 결말

어느 날, 내가 쓴 문장이 아주 치졸하고 재미없게만 보였다.

어렴풋이 느끼고는 있었지만, 기분 탓이겠지, 재미있다고 생각하는 사람도 있을지 몰라, 하는 식으로 적당한 이유를 붙여 모른 척하고 있었다. 결국 내 눈을 속일 수 없게 되어버렸던 것 같다.

이것도 저것도 그날 있었던 일이 순서대로 쓰여 있을 뿐이어서 마치 초등학생의 일기 같았다. 신입사원의 업무일지로도 보였다.

문장에 알맹이가 없고, 작은 인생교훈 같은 단문으로 마무리 해버렸다는 느낌이 드는 것도 적지 않아서 나는 머리를 감싸 쥐었다. 이런 문장은 내가 진짜 싫어하는데.

치졸하다면 치졸한 대로, 오리지널리티가 넘치는 돌려 말하기나 적확한 분석, 생생한 느낌을 언어화한 문장이 단 하나라도 있으면 좋겠는데 그것조차 없다. 읽은 후의 상쾌함도 없다. 아무것도 없다. 읽는 것도 시간 낭비다. 아아, 최악이네.

이런 것은 아무도 지적해주지 않는다. 원래 출판업계는 쓰는 사람을 너무 배려한다. "대단한 원고"라고 하면서 재미 하나 없는 문장에 자못 감동한 듯한 감상을 붙여준다. 그런 훈련이라도 받는 것일까? 시골소녀 폴리아나처럼 좋은 점 찾기를 해보았더니〔세계명작극장의 〈시골소녀 폴리아나 이야기〉에서 주인공 폴리아나의 좌우명은 어떤 상황, 어떤 경우에도 좋았던 일을 찾아내는 것이다〕 찾아낸 것은 편집자뿐이다. 편집자님. 항상 감사합니다.

타인의 탓으로 돌려도 아무것도 해결되지 않는다는 것 정도는 아주 잘 알고 있다. 자, 피해망상에 사로잡힐 만큼 나 자신을 내던져버려서는 안 된다. 이럴 때는 부감俯瞰이다 부감. 매의 눈으로 이 상황을 높은 곳에서 내려다보도록 하자.

부감의 시야로 보았더니 어떤 사실을 깨닫게 되었다. 이 안달복달의 근원은 욕심이다. 초조해진다는 것은, 쓴 문장에 대가를 받는 자에게 상응하는 욕심을 드러내는 증거다. 원고와 자신의 가치를 등호로 연결 짓고 있는 것이다.

어디서도 본 적 없는 독창성을 가지고, 사람의 마음을 사로잡을 수 있는 문장을 쓰고 싶다. 재미있다는 말을 듣고 싶다. 끓어오르는 욕심을 주의 깊게 관찰하면 그런 게 된다. 참 비장하기도 하다. 내가 써놓고도 부끄럽지만, 사실이니까 어쩔 수 없다.

바라는 대로의 능력이 나에게 갖춰져 있는지 어떤지와는 별도로, 선뜻 욕심이 나서 다행이라고 생각했다. 이러니저러니 해도 나를 움직이게 하는 것은 책임감과 욕심이다. 그리고 책임감만으로는 아무것도 즐길 수 없다는 것을 나는 잘 알고 있다.

콤플렉스가 있으면 그것을 확 뒤집어버리고 싶은 욕심이 끓어오른다고 누군가는 말한다. 일리 있다. 그러나 콤플렉스만 자라날 뿐, 정작 중요한 욕심이 끓어오르지 않는 경우도 종종 있다. 그렇게 되면, 골치 아프게도 잘나가는 사람이 실패하기를 은연중에 바라면서 질투심에 눈이 멀 뿐이다. 자멸의 길로 돌진하는 것이다.

나는 나의 미적 감각에 오래도록 열등감을 안고 있다. 패션, 메이크업, 헤어스타일, 인테리어. 모두 수준 미달이다. 전혀 마음에 안 들지만 어떻게 해야 좋을지 모르겠다.

타인의 일이라면 바로 더 좋은 이미지가 떠오른다. 그러나 나의 일이 되면 영감이 전혀 떠오르지 않고 끈기도 없다. 체형이나 얼굴이나 사는 집을 이해하고 매력적으로 보이기 위한 노력, 예를 들면 잡지를 보거나 거울과 눈싸움을 할 기분이 아무리 해도 생기지 않는다.

문장이라면 내가 재미있다고 생각될 때까지 몇 번이고 고쳐 쓰는 것이 어렵지 않다. 아니, 진절머리 나도록 괴롭지만, 재미없는 문장이 세상에 나오는 것보다는 훨씬 낫다. 언제 다시 읽어도 납득할 만한 것을 쓸 수 있다면, 이것을 행복이라 부르지 않고 무어라 부르겠는가 하는 기분이 고조된다.

이런 욕심이 패션, 메이크업, 헤어스타일, 인테리어에 대해서는 생기지 않는 것이다. 10대 때부터 '오늘도 좀 별로네' 하고 생각하기를 벌써 30여 년이다. 대단한 세월이다. 멋진 센스를 가진 사람이라고 불리고 싶은데, 노력하고 싶어질 만큼 나를 밀어붙일 욕망이 아무리 기다려도 생기지 않는다.

빛이 비치는 방향으로 나아가기 위해서는 시행착오가 필수다. 여러모로 시도해가는 동안에 '이런 건 싫다!'라든가 '이렇게 되고 싶다!'라는 명확한 이미지가 마음속에 떠오른다. 욕망을 정성스럽게 깎아내는 작업이라고도 할 수 있을 것이다. 욕심은 추진력과 지구력의 휘발유다. 그것이 없으면 배는 어둠 속을 표류할 뿐이다.

그렇다면 겉모습에 대해서도 빨리 제대로 된 욕심이 끓어올랐으면 좋겠다. 하지만 수십 년째 고요하다. '이 어둠 속에서 탈출하고 싶다'고 마음 깊이 생각하는 날을 나는 계속 기다리는 중이다.

달콤한 우울

취재차 촬영한 사진을 보았더니, 목 부분에 간장이 튄 것 같은 얼룩이 있었다. 크기, 색, 형태가 아무리 봐도 점은 아니다.

어릴 때부터 아토피 피부염을 앓았던 터라, 원래 목이 깨끗하지는 않았다. 뺨에는 볼록하게 부푼 노인성 색소반도 있고, 자외선 차단을 착실히 한 적도 없다. 나이를 생각하면 타당하다 싶은 합리적인 결론에 이른다.

드디어 내 목에도 기미가 생긴 것인가. 여유 있는 척하며 의자 등받이에 몸을 기댄다. 별일 아닌 듯 웃어넘긴 것과는 반대로 마음속은 마치 오래된 유압식 엘리베이터처럼 덜컥 요동친 뒤, 천천히 가라앉았다. 혹시? 당황해서 거울에 손을 뻗어 목덜

미를 비춘다. 아, 나쁜 예감은 적중했다.

사진에는 아직 찍히지 않았지만, 눈으로 볼 수 있는 기미가 두세 개 있다. 그러고 보니 손에도 있었던 것 같은데. 거울을 잡은 손등에 시선을 옮기니 검지에서 똑바로 내려온 언저리에 작게 두 개의 기미가 있다.

다시 거울을 들여다본다. 어머머, 뺨에도 늘어난 거 같은데. 뺨, 목, 손등에 기미, 기미, 기미. 마음의 엘리베이터는 지하 깊숙이 숨어 들어갔다.

일을 마치고 돌아오는 길, 드러그스토어에 들러 기미 제거용 크림을 샀다. 만 원도 하지 않는 저렴이다. 기미를 말끔히 없애는 효능 따위는 없다는 것을 잘 알면서도 샀다. 요컨대 기분 안정용이다.

기미 제거라면 피부과에 가서 레이저로 좍좍 쏘면 된다. 나는 아직 주저하고 있지만, 그렇게 노화와 숨바꼭질하는 친구들도 적지 않다.

기미를 생각하면 돌아가신 엄마가 떠오른다. 엄마는 화장을 거의 하지 않는 분이셨다. 자외선 대책도 그랬다. 크고 작은 변화무쌍한 기미가 뺨을 중심으로 펼쳐져 있었고, 손등에도 내 것보다 훨씬 큰 기미가 있었다.

어느 날, 늘 자유분방을 그림으로 그린 것 같던 엄마가 거울 앞에서 드물게 한숨짓고 있었다. "이렇게 기미투성이가 되어버렸네. 예전엔 깨끗한 피부였는데."

어린 나는 갑자기 슬퍼져서 엄마 허리에 매달려 "아무리 기미가 많아도 엄마는 예뻐요. 사랑해요" 하고 있는 힘껏 마음을 전했다. 정말 마음속에서 그렇게 생각했다. 엄마의 아름다움은 기미의 숫자에 따라 결정되는 것이 아니다.

어쩔 줄 몰라하는 딸을 보고 엄마는 "고마워" 하며 미소 짓고는 꼭 껴안아주셨다. 부모로서 체면에 걸맞게, 엄마는 '어머니답게' 행동하셨던 것이다.

그것과 이것은 이야기가 다르다는 걸 지금의 나는 알고 있다. 인생에 대체로 만족하면서, 기미가 늘어난 것에는 우울해한다. 만족과 부족은 동시에 성립하는 것이다. 그때 내가 좀 더 어른이었다면 엄마의 한탄을 부정하지 않고 순순히 받아들이고 함께 슬퍼해주었을 텐데.

엄마가 그랬던 것처럼 나도 매일을 열심히 살아가고 있다. 뭔가 포상을 받아야 마땅한데, 현실에서는 기미가 포상의 스탬프처럼 늘어만 간다.

"그래도 나는 아름답다"라고 가슴을 쫙 펴는 것이 시류에 맞는 태도일 테지. 자기 긍정이 가진 파워는 다 헤아릴 수가 없다. 하지만 기미는 기미다. 기미 정도로 내 가치는 떨어지지 않겠지만, 없는 것보다 더 좋기야 하겠는가.

뺨, 목을 거쳐 마지막으로 손등에 기미 제거 크림을 바르면서 여기 기미만은 남아도 될지도 모른다고 생각했다. 나는 아버지를 닮아서 엄마는 별로 닮지 않았기 때문에 이제라도 겉모습에서 엄마와 공통점이 늘어난 것 같아서 기쁘기도 하다. 엄마의 딸이라는 증거가 내 손등에 있다.

엄마가 돌아가신 지 20여 년이 지나, 돌연 나타난 모녀의 닮은 점에 나는 달콤한 우울을 느끼고 있다. 하지만 더 이상 늘어나기를 바라지는 않는다. 그것과 이것은 다른 이야기니까.

즐거우면 그걸로 된 거다

숙련된 MC 두 사람과 뛰어난 DJ 한 명으로 이루어진 라임스타를 아시는지? 그들은 일본의 힙합 문화 여명기부터 일본어로 랩을 해온 힙합그룹이다. 내가 팬이 된 지도 어언 30여 년이 지났다.

대학 시절 나는 그들과 같은 소울뮤직 연구회 동아리에 소속되어 있었다. 힙합은 음악이 아니라 주로 세 가지 요소(네 가지라는 설도 있다)로 이루어진 문화로서, 랩은 그중 하나이고, 나머지 두 개는 브레이크댄스와 그라피티이다. 네 가지로 보는 경우는 디제잉이 추가된다.

내가 이 세상에 태어났을 때, 이미 이 문화는 미국에 존재하고 있었다. 그로부터 40년이 훌쩍 지났으니 올바른 지식이 일본에도 조금 침투해도 괜찮을 텐데, 라고 생각한다.

폭력과 범죄, Check it Out yo! 하고만 연결되는 경우가 많은 힙합이지만, 꼭 그렇지만은 않다. 힙합은 주변화된 사람들의 생활에서 태어나 앞으로 세계를 석권할 문화이다. 애호가에게는 하루하루를 살아가기 위한 철학인 것이다.

대학생이던 당시에 내 주변에서 힙합을 즐기는 사람들을 평범한 어법으로 말하자면 '튀었다'. 유니크한 머리모양을 하거나 바지가 질질 끌리게 내려 입거나, 착실한 사람들이 보면 얼굴을 찌푸릴 만한 그런 모습을 하고서 돈을 쓰지 않고 지혜를 모아 새로운 놀이법을 짜냈다.

튀는 모습이라고 해서 반사회적인 행위를 하는 것은 아니다. 기존의 사회규범에서 벗어나 새로운 가치관을 창조해내려고 하는 에너지 넘치는 반짝반짝한 사람들이었다. 좋아하는 일을 하고 자유롭게 살아가려는 기개가 넘쳐났다. 나는 그 모습을 진심으로 동경했다.

그로부터 30년이 지났다. 그리고 라임스타는 건재하다.

올해도 라임스타가 다양한 장르의 뮤지션을 불러 개최하는 야외음악 페스티벌 '인간교차점'으로 발길을 옮겼다. 오랜 팬이

어린아이를 데리고 와도 함께 즐길 수 있도록 공연장에는 키즈 스페이스가 설치되어 있다.

1990년대 악동들이 어른이 되어 다수가 가정을 꾸리게 되었다. "오랜만이야!" 하고 인사를 나누는 옛 친구들의 발걸음에 사랑스러운 아이가 따라온 것이 신기하기만 하다. 부모가 된 사람들이 자기 아이를 지켜보는 다정한 눈길을 보니, 나는 거국적으로 따돌림을 당하는 기분도 들었다.

세상일에 등을 돌리고 자유분방하게 살아온 동년배들에게도 어느새 아이가 생겼다. 나도 마찬가지로 살아왔는데 어디에서 길이 갈라진 걸까? 어떻게 모두 어엿하게 어른이 될 수 있었던 걸까? 아니 나 또한 어엿한 어른인데 어째서 이런 기분이 드는 것일까?

아이가 있다고 해서 "너 변했구나"라고 할 수는 없다. 모두 예전처럼 자유롭다. 자유에 따르는 책임 또한 잘 지고 있다. 그렇다면 그들은 자유롭게 살아가는 선택의 하나로 결혼하고 아이를 가진 것이 된다. 그런데 그것은 나에게는 더할 나위 없는 두려움이었다. 임신적령기에 나에게 '결혼'과 '임신 · 출산'은 자유를 빼앗긴다는 상징이었기 때문이다.

결혼해야 하는데, 하고 초조해하던 시기가 나에게도 있었다.

돌아보면 그것이야말로 세상일에 연연한 것이었다.

시한폭탄이 폭발하듯이, 아니 좀 더 부드럽게 표현하자면 땅 속의 씨앗이 봄을 느끼며 싹을 틔우듯이, 가정을 이루고 싶다고 자연스럽게 바라는 시기가 누구에게나 찾아오는 것일까. 나에게는 그 씨앗이 심어지지 않은 것일까. 나는 언제까지 이런 것에 마음을 쓰고 있을 것인가.

사람은 혼자서는 살 수 없다는 걸 알면서도, 가정을 꾸리는 것이 자유의 침해와 같다고 생각하다니, 내 멋대로 넘겨짚었던 게 아닐까.

페스티벌 자체는 날씨도 좋아서 아주 멋졌다. 라임스타는 계속 진화하고 있다. 보러 온 사람들도 가정을 이루고 아이를 키우며 멋지게 진화해 있었다. 한편 내 머릿속에는 폭풍이 휘몰아치고 있었다.

변화를 두려워하지 않는 것도 힙합 문화의 특성이니, 우물쭈물 변화하지 않는 내가 가장 모양 빠지는 것일지도 모른다. 옛 가치관에 사로잡힌 채, 새로운 가치관을 받아들이지 못하고, 존재하지도 않는 적과 싸우고 있는 것 같은 기분이 들었다.

하지만 금세 내 자리로 돌아왔다. 뭐, 이것은 이것대로 즐거우니까 된 거다, 라고 해야 할까, 구시렁구시렁하는 것도 포함

해서 이 인생이 좋긴 좋다.

삶이 꼭 계획대로, 또 예정대로 되는 것은 아니니까. 이 순간에 집중하고 즐기는 것, 그것 또한 삶에 대한 존중일 것이다.

2장

이 사람들이 있어서 좋다

대체 불가능한 불멸의 쿵짝

가까운 친구와 잘 먹고, 잘 웃고, 잘 떠드는 일은 나에게 더할 나위 없는 삶의 기쁨이다.

어제는 고등학교 시절의 친구를 만났다. 서로 알고 지낸 30년의 세월을 생각하면 새삼 놀랍기도 하고, 변치 않는 우정에 감사한 마음이 든다.

친구는 졸업 후 입사한 회사에서 계속 일해왔고, 나는 그동안 세 번 정도 이직을 했다. 그녀는 해외 출장이 잦지만, 나는 한동안 외국으로 한 발짝도 나가본 적이 없다.

시간이 흘러 우리의 공통점은 줄어들었지만, 여전히 우리는 잘 통한다. 아, 둘 다 독신이라는 공통점이 남아 있기는 하다.

예전에는 근처에 산 적도 있어서 매일같이 패밀리레스토랑이나 서로의 집에서 만났다. 직장일, 연애, 미래의 일들을 이야기하거나, 음악제나 영화제를 본 다음에는 어떻게 하면 레드카펫을 밟는 사람이 될 수 있을까 하는 시답잖은 이야기를 하염없이 늘어놓으며 킬킬거렸다.

이야기는 해도 해도 끝이 없었다. 아니, 할 이야기가 없어도 일단 만났다. 지금은 서로 바빠서 한 달에 한 번이라도 만나면 다행이지만, 그 시절 우리에게는 시간만은 넘쳐났다.

친구가 선택한 곳은 롯폰기의 세련된 돼지고기 샤브샤브가게였다. 저녁 8시에 만나 자리에 앉자마자 메뉴판을 펼쳤다.

"추천메뉴는요?"

"무한 리필이 괜찮습니다."

"그럼, 그걸로 2인분이요."

내가 말을 마치자마자 그녀는 오른손을 번쩍 들어 올렸다. 점원이 올 때까지 말없이 마실 것을 정하는 것이 우리의 암묵적인 룰인데, 자리에 앉고 나서 이때까지 걸린 시간은 단 5분!

서로 너무 잘 아는 사이니까 가능한 속도감이 아닐까. 우리는 메뉴를 신중하게 골라 식사를 즐기겠다는 마음보다는 이야기를 하고 싶다는 마음이 앞섰다.

"남자랑 있을 때 이렇게 하면 싫어할걸." 친구가 내뱉었다. 요전 날 남자친구와 한바탕했던 나도 섬세한 배려의 어려움을 토로했다. 우리보다 더 오래 사귄 남자는 존재하지 않으니 그럴 만도 했다.

준비운동 겸 가벼운 이야기를 나누는 사이, '프리미엄 어쩌고 하는 돼지'라고 공손하게 이름표가 붙은 삼겹살과 등심 접시가 우리 테이블에 놓였다.

자, 이제 시작해볼까!

서로의 가슴속에만 울리는 소리를 신호탄으로, 얇게 저민 고기를 왼쪽 끝에서부터 젓가락으로 떼어내서는 뜨거운 국물에 넣어 좌우로 살랑살랑 흔든다. 그리고 참깨소스에 담갔다. 단 2초 만에 입속으로. 아, 눈물나게 맛있다!

골 때리는 상사가 부서 이동으로 다시 돌아온 일, 생각지도 못한 곳에서 듣게 된 헤어진 남자친구 소식, 둘 다 아는 지인의 근사했던 동성결혼, 정자은행을 이용해서 싱글맘이 된 친구의 해외생활 등 이야기는 끝도 없이 이어졌다.

수다와 먹기를 무한 반복하는데, 젓가락이나 입을 멈추는 순간은 단 1초도 없다. 내가 생각해도 국보급 숙련공의 기술 같다. 완벽하다.

이야기는 어느 사이엔가 은밀한 소문으로 흐름이 바뀌어, 큰 소리로 웃었다가 또 소리를 낮추어 비밀 정보를 프로페셔널하게 나눈다.

이야기를 하는 중이든 아니든 "소스 진짜 맛있네!" 같은 본능적인 생각은 즉각 입 밖으로 내뱉는다. 불규칙한 발언으로 우리의 기술이 무너지는 일은 없다. "맛있다!"에는 "그래, 맛있다!"로 응수하며 바로 이야기의 궤도를 수정하는 것이다.

가슴과 마음을 직렬회로로 연결해 생각한 것을 모두 입에서 다다다 흘려보내는 것은, 그 무엇으로도 대체할 수 없는 쾌감을 준다. 이보다 황홀한 커뮤니케이션을 할 수 있는 상대를 선택할 방법이 달리 없다는 것도 아주 잘 알고 있는 사실이니, 서로의 존재에 대한 감사를, 깊은 맛을 내는 돼지와 함께 음미한다.

드디어 젓가락과 입의 스피드가 조금 떨어지면 누가 먼저랄 것도 없이 건강이나 부모님에 관한 이야기를 도마 위에 올린다. 이런 이야기를 나누다니 우리도 이제 나이 들었네, 하면서.

배도 마음도 대만족해서 문득 정신을 차리니 순식간에 세 시간이나 지나 있었다. 몇 년 전이라면 여유롭게 2차로 발길을 옮겼겠지만, 오늘은 아직 목요일이고 우리는 이제 40대다. 차가 끊기기 한 시간 전에는 철수해야 한다.

10대 때, 우리는 '이 시간은 영원히 계속될 거야'라고 당연하게 생각했다. 시간은 어디부터라고 할 것도 없이 멋대로 밀려와 눈앞을 무한히 흘러가는 것 같았다. 마치 커다란 강처럼 멈춰 있는 듯 보이기도 했다. 영원히 내게 남아 있을 거라 생각했다.

지금은 내가 가진 시간이 유한하다는 것을 잘 알고 있다. 함께하려면 시간을 짜내야 한다는 것 또한 안다. 하지만 만나면 그때 그 시절과 다름없는 충만함이 약속되어 있다. 누군가 먼저 무덤에 들어가기 전까지 우리는 한 치도 흐트러짐 없는 기술로 작은 행복을 더해갈 것이다.

여자 친구는 유일하게 원금 손실이 없는 재산이다. 나는 그렇게 확신하고 있다.

작은 밥이 제 건데요

일의 피로를 치유하는 '위로의 밥'에는 두 종류가 있다. 하나는 샤브샤브나 스시 같은 이른바 진수성찬이고, 또 하나는 따끈따끈한 교자만두나 대중적인 고기구이 같은, 진한 맛의 헤비한 음식이다. 애먹었던 원고를 드디어 끝낸 나는 후자의 음식으로 위로받고 싶었다.

일에 치여서 한동안 못 만나고 있던 친구에게 밑져야 본전이라는 생각으로 연락을 해보았다. 그러자 오늘 저녁은 마침 시간이 비어 있다고 말하는 게 아닌가. 게다가 마침 미식가 선배가 엄청 맛있는 교자가게를 알려주었다고 한다. 기가 막힌 타이밍이다. 이 얼마나 좋은 징조인가.

예약도 받지 않는 핫플레이스여서 기다림은 각오해야 한다. 그런데 가게 앞에 도착하니 우리 앞에 두 명밖에 없었다. 교자라면 회전이 빠르다. 오늘 저녁은 정말로 운이 좋다.

차가운 공기 아래에서 가게 안을 들여다본다. 조리실에서는 젊은 여성이 손에 익은 동작으로 만두피를 빚고 있었다. 끊임없이 커다란 접시가 옮겨지고 있는 것도 보였다.

교자는 보통 것보다 세 배는 될 법한 크기로, 기름기 도는 반짝반짝한 껍질이 볼록하게 부풀었고, 표면은 먹음직스러운 갈색이다. 작은 구이 요리 같다. 이건 뭐 어떻게 되더라도 맛있을 수밖에 없다. 우리에겐 밝은 미래가 약속되어 있다!

계속 들여다보았다. 테이블에 커다란 접시가 놓이자마자 사방에서 단번에 젓가락들이 모여드는 모습이 압권이다. 그쯤에서 교자를 미어지도록 넣은 입에서 열기가 후와후와 하고 흘러나와 수증기가 가게의 유리창을 뿌옇게 만든다. 곧 다다를 천국이 저기에 있다. 배가 꼬르륵거렸다.

10분도 채 안 되어 가게로 들어가 군교자와 물교자, 완탕까지 시켰다. 너무 시켰다. 나는 작은 사이즈 밥을, 여리여리하지만 대식가인 친구는 큰 사이즈 밥을 주문했다.

순식간에 군교자가 나와서, 육즙이 튈 것을 아랑곳하지 않고 덥석 물었다. 둘 다 어두운 색 옷을 입고 있으니 다행이었다. 미래를 예견한 천재로구나!

오호라, '행복幸福'을 '구복口福'이라고 쓰는 미식가 무리를 인정한 적은 없었지만, 이것을 구복이라고 말하지 않고 무어라 표현할 수 있을까. 완전히 굴복屈服했다. 아니 굴복屈福했다. 그대의 이름은 교자.

모든 게 잘도 흘러만 가는 이 밤. TONIGHT IS THE NIGHT. 서서히 정신과 입이 하나 되어 대만족의 경지에 이른다.

"여기 밥 두 개요."

얼굴을 드니 나와 비슷하게 체구가 좋은 여자 점원이 양손에 밥을 들고 서 있다. 그녀는 망설임 없이 큰 밥을 내 앞에, 작은 밥을 친구 앞에 놓았다.

알아요. 안다고요. 우리 두 사람의 외모를 보고 추측한 당신의 판단을 누가 뭐라 하겠어요. 근데요, 당신도 분명 오늘날까지 살면서 체구가 좋다는 것만으로 몇 번쯤은 오해받았을걸요. 몸집이 크니까 항상 건강하겠다든가, 몸집이 크니까 많이 먹겠다든가, 몸집이 크니까 항상 명랑하겠다든가. 몸집이 크니까…….

커다란 나는 큰 밥, 여리여리한 그녀는 작은 밥.

그렇게 결정짓는 것을 세상에서는 편견이라고 부른다. 편견은 차별을 조장한다. 이론적으로 결코 용납하면 안 되는 행위다.

"작은 밥이 제 건데요" 하고 말하면 되는 일이라고? 그래, 맞다. 하지만, 그녀는 눈 깜짝할 사이에 우리 앞에서 사라져버렸다. 뜨끈뜨끈할 때 서빙해야 하는 그다음 접시가 그녀를 기다리고 있었으므로. 거기에 악의라고는 눈곱만큼도 없다는 것은 명백했다.

나는 진심으로 편견 없는 사회의 실현을 바란다. 그러나 모든 것을 일일이 냉정하게 정정할 기력이 항상 넘쳐나는 것은 아니다. 그럴 자신은 전혀 없다.

그렇다고 그 정도의 일로 끙끙 앓는 것은 어리석으니 멀쩡한 얼굴로 그냥 흘려버리는 것도 좀 아닌 것 같다. 밥이니까 웃을 수도 있겠지만, 이런 식의 일들이 깊이 들어가면 생명을 앗아갈 수도 있겠지. 예를 들어 인종이라든가 성별에 대한 편견이었다면?

이럴 때 어떻게 하면 좋을까? '옳은 것'은 어디까지 행사되어야 할까? '착각'은 어디까지 명백하게 웃음으로 승화될 수 있는 것일까?

교자는 기대 이상의 맛이었다. 닥치는 대로 먹어 치웠다. 그러나 좀처럼 맛을 음미할 수 없는 생각이 마음에 남았다. 정말 이럴 때는 어떻게 하면 좋을까?

과연 나는 어디까지 정색을 해야 할까?

술과 맛집 선택은 그대의 몫

내가 잘하지 못하는 일이 하늘의 별만큼 많은데 그중 하나가 음식점 선택이다.

저녁 약속이 정해지면 대개는 먼저 말을 꺼낸 사람이 만날 장소를 정하게 된다. 참석할 사람들에게 먹고 싶은 것이나 싫어하는 것 등을 물어보고, 평일이라면 회사에서 오기 쉽고 집에도 가기 쉬운 장소를 선택한다.

선택을 잘하지 못한다고 쓰긴 했지만, 사실 나는 선택을 할 수가 없다. 선택이라는 행위에는 선택지가 필요한데, 나한테는 그것이 없다. 매번 같은 가게만 가는 것이 전혀 괴롭지 않기 때문이다.

잘 알지 못하는 사람과 식사를 하는 것도 그다지 좋아하지 않아서 외부에서 저절로 정보가 들어오는 일은 거의 없다. 친한 친구들은 그런 나를 잘 알기에 나에게 선택을 기대하는 일도 없다. 그 결과로 내가 아는 정보는 조금도 업데이트되지 않고 있다.

문제는, 좀 더 친해지고 싶은 사람을 만났을 때다. '친해지고 싶다'고 생각하는 것 자체가 나에게는 드문 일인데, 그럴 때는 열을 올리고 있는 것이 나니까 먼저 만나자고 할 수밖에 없다.

만나자고 한다면, 성인의 만남에는 식사가 필수로 따라붙는다. 일이 끝난 후에 공원에서 만나 주스 한 잔으로 해가 저물 때까지 떠들 수는 없지 않은가.

이럴 때 나는 십중팔구 가게 선택을 망친다. 해보기는 하지만, 나한테는 처음부터 실패할 것을 알고 있는, 결국 지는 싸움이라는 것이 괴로울 따름이다.

대개는 나온 음식이나 점원의 태도에 살짝 당황하는 동석자를 곁눈질로 보며, '좀 더 분위기 있는 곳이었으면 좋았겠지?' '좀 더 조용한 장소였어야 할까?' 하고 식은땀을 흘리게 된다. 식은땀은 나는데 뭐가 잘못됐는지는 잘 모른다. 대화를 즐기려고 약속을 잡았건만 위가 더부룩해져서 맛도 이야기의 내용도 모르게 되어버리는 경우가 허다하다.

동행한 사람에게 트집을 잡힌 경험은, 물론 없다. 하지만, '최악의 가게는 아니지만, 최고의 선택도 아니다'라고 얼굴에 쓰여 있는 것을 확실히 알 수 있다. 나는 허세가 있고 소심해서 이런 사소한 표정 변화에 민감하다. 눈동자가 흐려지는 순간을 놓칠 수가 없는 것이다.

일주일의 반은 밖에서 먹고 새로운 음식점 정보를 항상 수집하는, 외식이 취미라는 사람들이 있다. 몇 년에 걸쳐 가게를 탐색해온 성과인지 그런 사람은 오다가다 들러도 맛있는 집을 찾아내는 코가 기가 막히게 잘 발달했다. 나에게는 없는 능력이다. 그들은 맛있는 것을 먹기 위해서라면, 잘 모르는 사람과 먹더라도 별로 거부감이 없다. 먹는 것을 즐기는 행위에 심취한 사람은 내가 인생을 즐기는 것과는 다른 인생의 즐거움을 알고 있는 것 같다.

요전 날 맛있는 가게를 많이 아는 선배와 식사를 했다. 음식점 탐방으로 20여 년을 보낸 프로 중의 프로다. 약속 날짜가 정해지면 그녀는 항상 파파팍 후보를 선정하고 샤샤샥 예약을 끝낸다. 가게를 정하는 일에 하나도 도움이 되지 못해 미안하긴 하지만, 데려가는 곳마다 다 맛집들이라 잘 얻어먹고 있다.

딱 한 번 내가 가게를 정한 적이 있다. 숙성고기라는 그다지 익숙하지 않은 것을 내놓는 처음 가보는 가게를 선택했는데, 애매한 맛의 고깃덩어리가 나와서 진심으로 부끄러웠다. 정말이지 맛이 없었다.

그런데 이번엔 선배가 고른 가게에서 여럿이 엄청 맛있는 인도카레를 한창 먹는 도중에 "지난번엔 내가 가게 선택을 잘못했어" 하고 선배가 말했다. 그 어떤 명필이라도 붓놀림에 실수는 있게 마련인데 말이다.

그러는 와중에, 누가 그랬는지도 모르는 사이에 값비싼 와인을 몇 병이나 주문해버렸던 것 같다. 잠깐 사이에 엄청나게 예산이 초과되어 계산할 때 모두 일제히 철렁하는 가슴을 부여잡았다. 나는 와인에 문외한이라서 와인 한 병에 얼마 정도 하는지 짐작도 하지 못했다.

거기에서 눈이 번쩍 뜨였다. 그렇다. 전부 술 때문이다. 내가 술에 문외한이라서 가게 선택에 실패만 하는 것이다.

내가 아는 한, 술을 못 마시는 사람은 애주가들만큼 외식을 하지 않는다. 그래서 아무리 세월이 흘러도 가게 선택의 범위가 늘어나지 않는다.

덧붙여 애주가들은 술과 음식의 궁합을 염두에 두지만, 어디에서나 우롱차로 충분한 나로서는 음식과 술의 매칭도 갈피를 잡을 수 없다. 술을 못 마시는 사람이 생선이냐 고기냐에 따라 음료를 바꾸는 것은 본 적이 없다.

아, 점점 화가 나는 느낌은 뭐지. 애주가들하고 회식을 가면 아무리 지나도 탄수화물이 나오지 않아서 나는 항상 뭔가 부족한 느낌이 든다. 당신들이 마지막에 먹는 밥이 나한테는 스타터가 될 수도 있거든요. 돈을 똑같이 내는 것은 참겠지만 가끔은 구운 주먹밥부터 시작해주면 좋지 않을까요?

가게 선택에 서툰 것은 내가 술을 즐기지 않기 때문이고, 그들이 즐기는 것은 밥보다는 술이니 이해가 들어맞지 않는 것도 당연하다.

그래, 이거야! 딱 좋은 변명거리를 발견하고 그날 저녁은 아주 만족스럽게 집으로 돌아갔다. 항상 술을 잘 못 마시는 내가 만족할 수 있는 맛집을 골라주는, 술을 매우 좋아하는 선배의 마음 씀씀이가 고마울 따름이다.

어설픈 여자들의 모임

'어여모'라는 모임을 정기적으로 갖고 있다. 참가자는 SNS를 통해 알게 된 30대와 40대 여자 여섯 명이다.

반이 미혼이고 반은 기혼. 대체로 골고루 다 어설프다. 그래서 '어설픈 여자들의 모임'이라고 칭하기로 했다. 그러나 그것을 비관한다든가 자학하는 일은 없다. 오히려 서로 닮은 어설픔이 연대감을 형성해 더할 나위 없이 마음이 편하다.

외모나 행동, 운명 중 뭔가 하나가 너무나 어설펐다면 그것은 오히려 빛나는 개성이 됐을지도 모른다. 그러나 우리는 적당히 어설프다. 어설픔의 미적지근한 물속에 머리까지 푹 담그고 있다.

어설프다는 것은 무엇인가. 치명상은 아니지만 작은 상처투성이로 살짝 멍한 상태를 말한다. 어여모의 간판에 색과 무늬를 넣는다면 이끼색이나 쥐색의 두툼한 테두리가 가장 어울릴 것 같다.

지난달의 일이다. 지방에 사는 멤버가 우리가 사는 도쿄로 오기로 해서 모두가 이곳을 만끽하기로 했다. 공원에서 오리배를 타고, 동물원에서 판다랑 다람쥐원숭이랑 벌거숭이두더지쥐를 즐겨보자는 취지다. 일단 고릴라나 호랑이도 봐둘까? 커피 전문점 마메야에 들렀다가, 유명한 술집에 우르르 몰려가면 어떨까? 어설픈 대학생들이 할 것만 같은 데이트 코스를, 나이 든 어설픈 여자 여섯 명이 짜다니 재미있을 수밖에 없지 않겠는가.

우리는 아침에 약하다. 그래서 낮에 만나 느릿느릿 공원으로 향했다. 당장이라도 비가 내릴 것 같은 흐린 하늘에, 3월답지 않은 추위도 어설픈 우리에게는 딱이었다.

오리보트는 3인승이었다. 일제히 손등과 손바닥을 내밀어 두 팀으로 나눴다. 우연이기는 하지만 기혼팀과 미혼팀으로 나뉜 것이 아주 괘씸하다. 당연히 나는 미혼오리다. 기혼오리가 우리 미혼오리의 꽁무니를 쫓아오게 해주마 하고 필사적으로 발을 저었지만 좀처럼 그녀들을 뒤로 보낼 수가 없다. 어느새 쓱쓱 나아가는 기혼오리에게 뒤처져, 당황해서 도망만 다니는 모양새가 되었다. 미혼오리 쪽이 제법 힘센 멤버로 구성되었는데도 아무리 저어도 그 기술을 따라잡을 수가 없다. 음, 이건 땅 위에서나 물 위에서나 마찬가지다.

나 말고는 성질이 급한 사람이 없어서 동물원에서의 관람은 매우 느긋했다. 동물원 서원에서는 미동도 하지 않는 넓적부리 황새와 사진을 찍고, 새끼몽구스의 알 깨기에 탄성을 지르고, 브라질맥이나 새끼하마에 푹 빠졌다.

이러저러한 사이에 시간은 점점 흘러갔다. 동원에 도착했을 때는 고릴라도 코끼리도 축사로 들어가 야외 공간은 텅 비어 있었다. 오늘만 봐도, 무얼 하든지 간에 우리는 어설프다. 하지만 이 정도가 딱 좋다. 요령이 없다는 것이 오히려 안심이 되는 건 무얼까.

아무리 나이를 먹었어도 애교를 부려 덤을 얻거나, 잔꾀를 부려 슬쩍 넘어가거나, 제멋대로 하려 드는 사람이 있다. 그런 사람은 남녀를 불문하고 존재한다. 웃는 얼굴로 스윽 팔꿈치를 디밀어 길게 늘어선 줄에 몸을 밀어 넣으려는 사람들 이야기다. 느낌이 좋지 않지만 내 마음대로 피해갈 수 없을 때가 있다. 어른이 되었다는 것은 그런 사람들과의 관계를 견뎌내는 것도 포함되어 있을 것이다.

그들의 약삭빠른 행동이 부러울 때도 있다. 약삭빠른 사람들 때문에 바보처럼 정직하게 살아온 쪽이 손해를 보는 경우도 많다. 그럴 때는 정말이지 기분이 별로다. 그러나 우리 어여모에는 그런 약삭빠른 사람이 한 명도 없다.

뿌리는 성실하지만 살아가는 태도는 약간 불성실해서 반짝반짝 빛나는 자기계발 의지는 갖춰져 있지 못하다. 서툴다기보다 귀차니즘이라 합리성을 존중하지 않는다. 그리고 아둔하지 않다. 그래서 일시적인 정의감으로 타인을 판단하거나 치켜세우지 않는다. 그렇다. 그런 거 귀찮을 따름이다.

어설픔으로 인한 작은 상처들을 치유하는 40도 전후의 온수 같은 모임인 셈이다. 여기에서는 호전적인 내 교감신경이 스윽 꺼진다. 부교감신경씨, 어서 오세요. 여기는 '어설픈 여자들의 모임'이랍니다.

엄청 헤매다 커피콩을 사고, 술집에서 먹고 마시고를 반복했더니, 가게를 나올 때는 막차 시간이 간당간당했다. 낮에 만나 12시간 가까이 함께 있었던 것이다. 보트를 젓고 여기저기 걸어 다녀서 발과 허리는 지쳤지만 정신적인 피로는 전혀 없는 만남이었다.

서로 격렬하게 토론할 수 있는 친구는 무엇과도 바꿀 수 없는 보물이다. 하지만 아드레날린을 방출하지 못한 채 마무리되는 이런 미적지근한 느긋한 모임도 나에게는 놓치기 싫은 시간인 것이다.

가진 자의 원망

일을 끝내고 집에 돌아와 불이 켜진 세탁실을 보고 한숨이 새어 나왔다. 거실에는 산더미 같은 세탁물이 보였다. 오늘 세탁기를 안 돌렸나 보다.

정확하게 말하면 '오늘도'이다. 어제도 이 상태였다. 땀에 젖은 운동복이 있어서 사실은 하루라도 빨리 세탁해주기를 바랐다.

그럼 내가 하면 되지만, 요 며칠은 귀가가 늦어 세탁기를 돌리기에는 비상식적인 시간이었다. 아침에는 8시에 일어나 밥을 먹고 샤워하고 9시 반에 집을 나선다. 세탁 때문에 빨리 일어날 기력은 없다. 할 수 없지, 주말에 냄새 제거용 산소계 표백제를 넣고 내가 빨아야지.

우리 집에서는 역할 분담에 따라 대부분의 집안일을 나의 동거인이자 남자친구인 파트너(앞으로는 간략하게 P씨로 칭하기로 하자)가 담당하고 있다. 그는 요리를 나보다 훨씬 잘하고, 방이 먼지투성이가 된 적도 없다. 대체로 만족하지만, 세탁만은 어떻게 해도 불만이 남는다.

세탁에 관련된 나의 불만은 여러 갈래다. 먼저 세탁기를 자주 돌리지 않는 것이 마음에 들지 않는다. 둘째로 얼룩을 손세탁하지 않은 채 세탁기에 마구 넣는 것이 싫다. 그리고 무엇보다 표시된 세탁 방법을 따르지 않는 것이 못마땅하다. 그래 그래, 건조 방법에 대해서도 듣기 싫은 소리를 하고 싶다. 손으로 팡팡 두드리고 나서 말리는 수고 하나가 어째서 안 되는가.

원래 면이나 마 셔츠는 다림질로 고생하지 않게 탈수를 짧게 해야 한다. 그는 '기본'을 모른다. 고급 옷은 망에 넣어 전용 세제로 세탁하라는 둥 조금씩 알려주고는 있지만, 내가 하는 게 빠르기도 하고 잔소리한다고 생각할까 봐 주말에 모아 세탁하는 일도 종종 있다.

세탁만은 왜 이런 일이 일어나는 것일까. 그러고 보니, 영화 〈인턴〉에도 주인공인 앤 해서웨이가 전업주부인 남편에게 "세탁 표시를 보고 세탁해줄래요" 하고 공손하게 부탁하는 장면이 있었다. 말하는 쪽이나 듣는 쪽 모두 꺼림칙한 것 같아서 약간 마음이 아팠다. P씨와 나만의 문제가 아니라 만국 공통의 고민인지도 모른다.

생각을 거듭한 끝에 나는 하나의 가설에 도달했다. 문제는 P씨의 자질 부족이나 학습 능력 결여가 아니라 남녀의 옷차림이 현저하게 다른 데 있지 않을까.

P씨는 가벼운 복장을 선호해서 기본적으로 여름에는 티셔츠에 치노 팬츠, 겨울에는 티셔츠 위에 캐주얼한 면 셔츠, 추워지면 플리스를 덧입는다. 그 밖에도 운동복이나 파카, 집에서 세탁 가능한 다운 재킷, 데님 소재 옷밖에 없다. 스웨터 한 장조차 없다.

이거나 저거나 세정력 강한 세제로 철벅철벅 빨아서 대충 말려도 문제없는 것들뿐이다. 사실, 그가 혼자 살 때 옷차림을 보고 세탁에 어려움이 있을 거라고 느낀 적은 한 번도 없다. 그러니 이런 사태는 상상도 못 했던 것이다.

한편 다른 여자들에 비해 상당히 캐주얼한 패션을 선호하는 나지만 그런 내 옷조차 여러 소재로 구성되어 있다. 시험 삼아 지금 입고 있는 스웨터를 보면, 면 90%, 캐시미어 10%. 세탁 방법은 중성세제를 사용하여 손세탁(미지근한 물) 추천. 탈수는

'약하게'라고 쓰여 있다. 건조 방법이나 다림질하는 방법도 지정되어 있었다.

여자의 옷은 버라이어티하게 풍요롭다. 패셔너블한 남자들이 부러워하는 경우도 많은데, 나도 이 복 받은 환경을 만끽하고 있다. 그러나 풍요로움에는 부정적인 유산이 따라붙으니, 없는 자와 달리 '가진 자의 원망'이라고 말하고 싶어지는 번거로움도 있다.

싸구려든 고급품이든 원피스나 스웨터를 집에서 세탁해 얇은 옷걸이에 말리면 양어깨 주변의 천이 뿅 하고 뿔처럼 튀어나온다. 나로서는 주의하는 게 당연하다. 하지만 옷차림이 특별히 중요한 직업이 아니라면 그런 것은 입는 사람밖에는 신경을 쓰지 않는다.

아이러니한 이야기지만 말린 뒤의 일은 P씨가 단연 능숙하다. 깔끔하게 개어 수납도 예쁘게 한다. 나로 말하자면 위기의 순간 빨래건조대에서 과일을 따듯 세탁물을 낚아채 그대로 착용하는 일이 예사다. 그때마다 그는 얼굴을 찌푸린다.

뭐, 둘 다 똑같네.

자유의 날을 허하노라

P씨와 나 사이에 새로운 규칙이 탄생했다. 이름하여 '올 프리 추즈 데이All Free Choose Day', 즉 자유 선택의 날이다.

우리의 관계는 5년은 넘었지만 10년에는 못 미친다. 시행착오와 우여곡절을 거쳐 현재는 집안일이 P씨 담당이고 돈을 버는 것은 내 담당이 되었다. '잘하는 사람이 잘하는 것을 한다'를 모토로 삼은 결과로, 앞으로 역할을 바꿀 가능성도 많다.

어느 날 P씨가 "모든 집안일에서 벗어난 온전한 나만의 시간이 일주일에 단 하루는 필요하다"고 해서 끝도 없는 집안일에 끝을 만들기로 했다.

가사에는 정시 퇴근이라는 게 없다. 따라서 잔업수당도 나오지 않는다. 하지만 일의 총량을 자기가 정할 수도 없다. 그래서 끝이 없다.

세탁을 끝내자마자 바로 다른 빨랫감이 나오고, 청소를 끝내자마자 먼지가 떠다닌다. 한숨 돌리느라 차를 마시면 찻잔 설거지가 기다리고 있다. 바로바로 치우지 않으면 주야를 불문하고 쌓여만 갈 뿐이다.

혼자 산다면 쌓아두었다가 하고 싶을 때 하면 된다. 하지만 누군가와 함께 살면 그렇게 되지 않는다. 이런 건 오랜 세월 가사를 담당하고 있는 이들에게는 부처에게 설법을 펴는 격이겠지. 이 자리를 빌려 매일 정말 감사합니다.

항간에는 노동방법 개혁이 추진되고 있다는 이야기가 돈다. 정부의 홍보자료를 보면 "노동시간 단축과 노동조건 개선" "고용형태와 관계없는 공정한 대우 보장" "다양한 취업형태 보급" "일과 생활(육아, 간호, 치료)의 양립"이 달성 목표인 듯하다.

그렇다면 밖에서 일하는 사람뿐만 아니라 집안일을 담당하는 사람에게도 그에 상응하는 개선이 있어야 마땅하다. 집안일로 정부까지 개입하기를 바라지는 않으므로 규칙은 개개의 가정에서 만드는 것이 현명할 것이다.

우리 집의 새로운 규칙에서는 매주 화요일 0시부터 24시까지는 서로 아무것도 간섭하지 않고 자기 마음대로 하기로 했다.

지금까지도 서로를 구속하는 경우는 특별히 없었지만, 공동생활자를 배려한다는 명목하에 생기는 어긋남, 기대에서 벗어나는 일, 작은 마찰은 적지 않게 있었다. 그런 일들로부터 해방되는 것은 큰 소리로 말하기는 좀 그렇지만 나로서도 좋다.

즉시 실천해보니 이게 꽤 괜찮다. P씨의 취미는 등산이다. 올 프리 전야인 월요일 밤에 집을 나서 화요일은 산에서 캠핑을 즐긴다. 전날 밤부터 가면 다음 날 아침 일찍 산에 오를 수 있다는 것이 좋은 모양이다. 잡다한 일이 눈에 들어오는 집에는 있고 싶지 않은 생각도 있을 것이다.

산에서 녹초가 되어 돌아와도 그날 밤은 아무것도 하지 않아도 된다. 올 프리는 24시간이니까. 이전에는 부재했던 시간을 메우려고 부지런히 집안일을 했으나, 지금은 나의 귀가를 기다리지 않고 큰대자로 자고 있다.

새로운 규칙 채택으로 내가 입은 손해는 전혀 없다. 오히려 해방감이 굉장하다. 그전에는 매일 귀가 예정 시간을 물어오면 물어보기 전에 알려주지 못한 것이 찜찜했다. 식사 준비가 되어 있다고 하면 일을 도중에 마무리하는 경우도 있었다.

하지만 화요일은 다르다. 좋아하는 것을 내가 좋아하는 만큼

한다. 일을 끝내고 돌아갈 때, 술도 못 마시는 주제에 친구가 운영하는 바에 얼굴을 내밀기도 한다. 집에서 기다리는 이가 없다는 것을 알고 있으니 빨리 돌아가야 한다는 생각이 들지도 않는다. 내가 무엇을 하든지 P씨를 안달복달하게 할 가능성은 제로이다. 처음부터 그렇게 정해져 있는 것이 꽤나 편하다.

일 끝나고 바로 집으로 가고 싶지 않은 아저씨의 기분이나, 음식이 좀 입에 안 맞지만 별로라고 솔직히 말할 수 없는 기분도 이해가 된다. 도와준답시고 싱크대까지 식기를 날라주었다가 잘못 놓았다고 지적당했을 때의 심정마저도.

상대가 해주는 데 고마운 마음이 더해갈수록 내가 하지 않은 것에 대한 죄책감도 싹튼다. 동시에 나도 열심히 내 몫을 하고 있으니 여기는 좀 더 이렇게 했으면 좋겠다는 요구가 입 밖으로 나오지 못하고 쌓여간다. 그렇게 되면 '서로 좋자고 생각해서'가 여기저기 부딪치며 난반사를 일으켜 트러블이 된다.

서로가 완전하게 자유로우면 그런 염려로부터 해방된다. 일상생활이 별 탈 없이 돌아가게 하려면 서로는 불가결한 존재지만, 일시정지하는 시간도 무탈한 생활과 마찬가지로 중요하다는 것을 배우게 된다.

크리스마스 선물이라고 생각하자

그날은 생각보다 일이 빨리 끝나 백화점 지하에서 저녁거리를 사서 돌아가기로 했다.

집안일 담당인 P씨는 감기를 오래 앓았다. 저녁을 준비하는 것도 괴로울 거라고 눈치를 챘던 참이다. 평소 집에 올 때는 꼭 연락하라고 했지만 마침 스마트폰 전원이 끊겨 그렇게 할 수가 없었다.

P씨가 좋아하는 것을 양손에 왕창 들고 집에 도착했을 때는 6시 조금 넘어서였다. "다녀왔어요"라고 했지만, 대답이 없었다.

거실에 들어가니 P씨는 어스름한 거실에서 나에게 등을 돌린 채 "집에 오기 전에 왜 전화 한 통 안 한 거야?"라고 했다. 이

쪽을 보려고도 하지 않는다. P씨가 퉁명스러운 투구법으로 훅 던진 말이 벽에 바운스되어 나의 명치 근처에 맞았다. 헉.

나는 욱하는 면이 있어 한순간에 이것저것 모두가 마음 저 밑바닥부터 싫어지는 경향이 있다. 거기에 성질도 고약하다. "휴대폰 배터리가 나갔거든!" 하고 큰 소리를 내며 들고 있던 짐들을 바닥에 퍽 내던졌다. 좋아하는 것 사 왔더니! 사람 기분도 몰라주고!

그날은 중압감 많은 업무를 처리한 터라 나는 꽤 지쳐 있었다. 할 일은 쌓여 있으니 감기 기운인 P씨만 아니었다면 다시 직장으로 돌아가 일을 더 정리할 수도 있었다. 몸 상태를 배려해 저녁거리를 사서 일찌감치 돌아왔는데 이런 반응이라니.

짐을 바닥에 던진 채 내 방으로 향했다. 그러자 주방에서 희미하게 좋은 냄새가 풍겨왔다. 아무래도 상대방은 상대방대로 아픈 것을 무릅쓰고 저녁식사 준비를 하고 있었던 것 같다. 그래서 기분이 나빴던 거로구나. 하지만 어떡하라고. 이미 늦었다. 한 번 빼든 칼은 그렇게 간단히 칼집에 넣을 수 없다.

집안일 담당 P씨가 나에게 귀가시간을 알릴 의무를 준 것은 이유가 있다. 요리를 배운 사람으로서 최고의 타이밍에 먹게 하고픈 바람 때문이다. 귀가시간을 모르면 준비하는 데 만전을 기할 수 없다고 한다.

나는 식사 준비를 기다리는 것도 상관없고, 조금 식은 것을 먹어도 상관없다. 하지만 그것은 만드는 사람의 자긍심에 스크래치를 내는 일인 것 같다.

내 방 침대에 버티고 앉아 생각했다. 그럼 자기가 먼저 '오늘 저녁밥 했어요' 하고 연락해주면 되잖아. 뭐, 놀라게 해주고 싶었겠지. 전원이 나갔다고는 하지만, 백화점 지하에서 쇼핑하던 나에게도 그런 생각은 있었다. 서프라이즈! 하고 서로 놀라게 해주려던 것이 예상이 틀어졌다.

일반적인 가정과는 달리 남녀 역할이 반대인 우리 집에서는 깨닫게 되는 일이 많다. 그중 하나가 "자고로 남자란 말이지" "여자란 말이야" 하고 마치 남녀가 태어나면서부터 가진 성질인 양 생각하기 쉬운 것들이 대부분 성별이 아니라 역할에 기인한다는 것이다.

남자라도 집안일 담당이 되면 "오늘 저녁 집에서 먹어요? 먹고 들어와요?"라는 질문에 보고가 수행되지 않으면 안달복달한다. 여자라도 일에 매여 있으면 연락하는 것을 잊거나, 연락의 중요성을 가볍게 여기기 쉽다.

남자라면 이렇게는 말하지 않는다, 여자라면 이런 일은 하지 않는다, 는 것은 단순한 속임수다. 성별과 역할의 연결 짓기가 강고한 사회라서 그렇게 생각해버리는 것일 뿐이다. 현실적으로는 역할과 권력(경제력과 비례하기 십상인 것이 야만적인 점!)의 차이가 발언이나 행동에 경향을 낳는다. 거기에 남녀의 차이는 없다.

마치 오 헨리의 단편소설 〈크리스마스 선물〉의 품위 없는 버전처럼 되어버린 우리지만, 그 주인공 부부도 현실에 존재했다면 소설에서처럼 서로 이해할 수 있었으리라고 장담할 수 없다.

남편이 준 선물을 앞에 두고 "아아, 그 시계를 전당포에 맡길 거라고는 생각도 못했네. 의논 좀 하지 그랬어요" 하고 한탄하겠지. 남편은 남편대로 "당신, 자알했네. 머리카락 따위야 금세 자랄 테지" 하고 비꼴지도. 울컥한 아내는 "왜, 이 빗을 전당포에 맡기고 시계를 돌려받지 그러셔? 난 상관없거든" 하고 받아친다.

하. 그런 모습이 자동적으로 떠오른다. 속속들이 아는 사이일수록 서로를 배려하는 것을 잊기 십상이다. 여기에도 성별의 차이는 없다.

정반대 인간과의 여행

확실하게 여름휴가를 놓쳤다. 2년 연속으로 갔으니 올해는 괜찮지 뭐. 됐다 됐어 하고 생각하면서도, 연말의 등짝이 어렴풋이 보이기 시작하는 계절이 되니, 내년 여름까지 어딘가에서 쉬고 싶다는 기분이 스멀스멀 올라온다.

어차피 나는 휴가가 긴 것을 별로 좋아하지 않는다. 정확하게 말하자면 긴 휴가를 잡기 위해서 전후 스케줄을 조정하는 것이 귀찮다. 일주일 정도 여행을 계획하는 것도 잘한다고는 할 수 없다. 그런 지경이니 휴가가 없는 것이 차라리 속 편하다는 것을 깨달아버렸다.

부끄럽지만, 역사나 지리 같은 교양의 범주에 들어가는 것들에, 나는 아무리 시간이 흘러도 흥미가 생기지 않는다. 각 지역 유적지에 대한 열정도 없다. 방문한 적 없는 나라의 잘 모르는 건축물을 보고 싶은 생각도 없다. 그러니 관광을 목적으로 여행을 한 적이 거의 없다.

이 얼마나 한심한 어른인가. 나의 장래를 위해, 고등학생인 나를 데리고 무리해서 일주일간 유럽 각국을 재빠르게 도는 총알투어를 해주셨던 돌아가신 엄마에게 면목이 없다. 이탈리아, 프랑스, 그리스, 스위스, 또 어느 한 나라를 방문한 것 같은데 도저히 생각이 나지 않는다.

프랑스에서 베르사유 궁전을 방문한 것은 기억나지만 그 안은 전혀 기억나지 않는다. 센강을 내려가는 배의 맨 앞줄에 앉았던 부인이 몹시 짓궂었던 것은 기억난다.

이탈리아는 로마였는지 피렌체였는지 그 둘 다였는지도 기억나지 않는다. 거리에서 샀던 젤라토는 맛있었다.

그리스의 바다는 지금껏 본 적 없는 짙은 푸른색으로 물들어 있었다. 유람선에 타면서 카메라맨 같은 남녀로부터 자기 멋대로 사진이 찍혔는데, 배에서 내릴 때 그 사진이 벌써 갑판에서 팔리고 있어서 놀랐다. 아무 생각 없이 들어간 문구점에서 발견한 노트가 너무 예뻐서 계속 사용하지 않고 몇 년 전까지 소중히 가지고 있었다.

총알투어에서 가장 강하게 기억에 남아 있는 것은 스위스 호텔에서 먹은 에클레어다. 아직도 그 이상의 에클레어를 만난 적이 없다.

어느 나라든 각국 유적지를 방문했을 텐데, 내 기억에는 아무것도 남아 있지 않다. 이상이 유럽에 대한 기억의 전부다.

내가 좋아하는 것은 비일상적인 환경에서 변함없는 일상을 보내는 여행이다. 리조트호텔에서 낮잠을 자거나, TV를 보다가 말다가 하면서 시간을 보낸다. 마음에 들면 같은 장소에 몇 번이라도 간다.

친구가 사는 나라를 방문하는 것도 좋아한다. 슈퍼에 가거나, 쇼핑몰에서 쇼핑을 한다. 여행안내서가 필요하지 않은 그런 여행이야말로 나를 해방시키는 것이다.

하지만 동행 예정인 P씨는 그런 여행을 좋아하지 않는다. 오히려 싫어한다.

발리 다음 해에 태국의 사무이섬에 갔었는데 "이런 자본주의적인 공간에는 1초도 더 있을 수 없어!" 하고 화를 낸 P씨는, 애써 얻은 고급 빌라를 혼자 뛰쳐나가 시가지에 있는 호스텔로 가버렸다. 이런 제멋대로인 인간은 좀처럼 없을 거다. 하지만 뭐,

사무이섬 자체는 매우 즐거웠다.

"내 친구가 살고 있는 나라에 가자"고 P씨를 꼬드긴 적도 있지만 그는 "그럼 현지에서는 각자 행동하자"고 냉정하게 말했다. 원래도 P씨는 내 친구를 만난 적이 거의 없다. 친구들은 모두 그는 숲의 요정이라 만날 수 없다고 생각하고 있는 듯하다.

P씨는 여러 면에서 나와 정반대인 인간이다. 독서가이고, 여행에 관해 이야기하자면 낯선 땅의 역사와 풍토에 흥미진진해하는 타입이다. 산책 중에도 멈춰 서서 역사유적 간판을 꼼꼼히 읽거나 해서 나를 놀라게 한다. 바로 지난달에는 혼자서 실크로드를 역주했다. 역주라고 해도 어디서 출발해 어디로 향하는 건지 나는 잘 모르겠지만 말이다.

P씨가 지금 가장 가보고 싶은 곳은 몽골이라며, "당신은 어때?" 하고 같이 가자고 했다. 몽골인들이 생활하는 천막 게르 안에서 어찌할 바를 모르다가 시가지의 호텔로 가서 몰래 방을 잡을 나 자신이 눈에 선하다. 나 또한 제멋대로인 것에는 지지 않는다.

걱정하지 마, 이 세상은 네 거야

스맙SMAP(1991년 데뷔해 최고의 인기를 누린 일본의 남성 아이돌그룹)이 해체한다는 소식을 들었을 때 진심으로 놀랐다.

어차피 나의 상상력이란 빈곤한 경험의 귀납과 연역의 혼용밖에 되지 않으니, 현실은 언제나 그 바깥쪽에서 우왓 하고 덮쳐온다. 스맙 해체에 한정된 이야기는 아니다. 지금까지 청천벽력은 모두 그랬다.

대학을 졸업하고 나서 서른한 살까지 나는 레코드회사의 광고부에서 일했다. 소속 아티스트의 새 싱글이나 앨범 발매가 정해지면, 그것을 세상에 알리기 위해 잡지에 소개하거나 라디오에서 선보이거나 TV 음악프로그램에 내보내는 것이 내 업무였다. 필연적으로 아티스트들과 얼굴을 마주할 기회가 많아 몇 팀의 해체도 경험했다.

얼마 안 되는 경험을 돌아보면, 어떤 해체에도 '단 하나의 결정적인 이유'는 없었던 것 같다. 제각각 다른 생각이 있고, 말하려는 진실은 입장에 따라 조금씩 색이 달랐다. 유일하게 공통되었던 것은 '더 어떻게 노력하더라도 계속할 수 없다'고 쥐어 짜낸 결론뿐이었다.

나는 스맙의 열성팬은 아니다. CD를 몇 장 가지고 있는 정도다. 그래도 상당히 놀랐으니, 오랜 세월의 팬들에게는 그야말로 큰 타격일 것이다. 단순히 '큰 타격'이라고 가볍게 표현되는 것조차 화가 날지도 모른다.

그들을 오래 봐왔다면 얼마간 조짐은 느꼈을지도 모른다. 나쁜 예감을 믿고 싶지 않아 기도하는 마음으로 밤을 보낸 적도 있을 것이다. 어떻게든 극복해주었으면 하는 바람과 억지를 부리고 싶지는 않다는 생각이 갈라졌을 것이다.

세상에는 누군가를 열심히 응원하는 것만으로 그럭저럭 내일을 살아갈 힘을 얻는 사람들이 있다. TV에서 춤추고 노래하는 그룹을 보고 "이번 곡 좋네!"라고 SNS에서 중얼거리거나, 메이저리그에서 활약하는 선수를 보고 "이야, 세계를 상대로 대단하네"라며 맥주를 한 손에 들고 혼잣말을 하는 가벼운 팬의 이야기가 아니다.

나를 잊을 정도로 누군가를 끊임없이 응원하는 것으로, 눈앞의 괴로운 현실에서 잠시 눈을 돌릴 수 있다. 혹은 단조로운 매일을 밝게 보낼 수 있다. 그런 사람도 있는 것이다. 엔터테인먼트나 스포츠는 팬에게는 생명의 양식이 될 수 있는 것이다.

이전에 여자 아이돌그룹의 제작에 관련된 일을 하던 때, 오랫동안 아이돌 팬인 남성으로부터 이런 이야기를 들었다.

"팬은 자기를 닮은 멤버를 응원한답니다. 그룹 안에서 가장 존재감이 약한 멤버를 열심히 응원하는 것은 현실사회에서 자기의 존재감이 약한 사람이죠. 서툰 멤버를 응원하는 것은 실생활에서 서툰 자신한테 애를 먹고 있을 것 같은 사람이에요. 그런 자신을 응원해주는 사람은 현실에는 아무도 없거든요. 그래서 멤버에게 자신을 투영해 스스로를 응원하는 것 같아요."

내가 아직 20대 초반이었을 때 일이다. 부모님이 한꺼번에 쓰러져 각각 다른 병원에 입원한 적이 있었다. 외동딸인 나는 눈코 뜰 새 없이 이리 뛰고 저리 뛰었다.

친척이나 친구들이 적극적으로 도와주었지만, 두 분 모두 생명과 직결된 병이라는 것을 알았을 때, 그때는 정말 내 기분을 다잡는 것조차 힘에 겨웠다. 그러나 한탄할 여유가 없었다. 오늘은 엄마의 병원, 내일은 아버지의 병원으로 뛰어다닐 수밖에 없었다.

그럴 때 미국 퀸스에서 자란 래퍼 나스Nas가 부르는 'The World Is Yours'가 정신적인 지주가 되었다. 모든 응원의 노래가 뻔하게만 들려 아무런 도움도 되지 않았을 때 나의 어깨를 감싸고 비트에 몸을 실어 옆에서 함께 발걸음을 내디뎌주었던 것이 나스였다. "걱정하지 마, 이 세상은 네 거야"라고.

'나한테 왜 이런 일이?' 그 한마디가 항상 내 머릿속을 빙빙 돌고 있던 때였다. 나의 인생을 살고 있다는 느낌이 전혀 없었다. 그럴 때 나와 아무런 공통점이 없다고 생각했던 래퍼의 가사에 위로받았던 것이다.

"이 세상은 누구의 것? 바로 네 거야!" 나스가 그렇게 말해주어서 그날들을 어떻게든 견디어낼 수 있었다. 나에게도 음악이 지탱해준 과거가 있는 것이다.

지금, 내일부터 어떻게 살아갈지 몰라 망연자실한 스맙 팬도 많을 것이다. 나와 같은 세대인 팬도 많이 있을 텐데 그들도 덜컥하고 있지 않을지, 아마 제정신이 아닐지도 모른다.

자기 인생은 자기 손에 달려 있다. 다만 지금까지는 마음이 흔들릴 때마다 스맙이 지탱해주었을 것이다. 앞으로도 그것은 변하지 않는다. 그렇게 믿어야만 한다.

힘내요, 스맙 팬들이여!

100년을 살게 된다면

여든이 넘은 아버지와 같은 세대의 저명한 어른이 또 돌아가셨다. 아침 와이드쇼에서 "아까운 분을 잃었습니다" 하고 슬픈 음악을 내보낸다. 하지만 결코 '너무 이르다'고는 할 수 없다.

이런 식의 뉴스가 갑자기 늘어난 게 아니다. 내 눈에 띄게 된 것은 아버지가 그런 나이가 되었기 때문이다. 누구라도 머지않아 언젠가는 그렇게 될 것이다.

딸의 마음을 알았는지, 아버지가 돌연 "내가 앞으로 몇 년이나 더 살까?" 하고 메시지를 보냈다. 매일 아침 연락하며 지내고는 있는데, 오늘은 어중간한 시간에 왔다. 몸이 안 좋으신가 하고 불안해졌지만 그런 것도 아닌 듯했다.

40대 중반의 나는, 언젠가는 인간 수명이 100년으로 늘어날 거라는 이야기를 들으면, 우엣! 소리를 내게 된다. 지금까지 살아온 것만으로도 충분하다, 솔직히 지친다, 라고 생각한다.

한편 아버지는 70대 후반부터 "오래 살고 싶다"고 확실히 말씀하시게 되었다. 어린 시절 병치레가 잦았고 어른이 되어서도 만성적인 권태감을 동반하는 병을 오래 앓으셨다. 지금까지 살아온 것만으로도 충분하다든가, 먼저 세상을 떠난 엄마를 만나고 싶다고 말씀하시던 적도 있었는데, 지금은 전혀 죽고 싶지 않으신 모양이다. 물론 죽고 싶어 하셔도 곤란하겠지만 말이다.

그럭저럭 작은 부자였던 아버지의 경제력은 엄마가 돌아가시고 나서 완만하게 내리막길을 걷기 시작해 70대에 전 재산을 홀라당 잃었다. 지금은 Mr. 빈털터리다.

Mr. 빈털터리가 되기까지 아버지는 모든 이동에 자가용을 이용했다. 아버지가 전철을 타는 것은 본 적이 없었다. 외식하는 가게나 입는 옷에도 고집이 있어서 나와는 다르게 고급품에 쉽사리 돈을 쓰는 사람이었다. 일 잘하고, 잘 벌고, 번 돈을 쓰는 것을 살아 있다는 증거로 여기는 사람. 그것이 아버지였다.

살아갈 양식을 잃었던 그 시절, 한때는 아버지가 어떻게 되지나 않을까 심히 걱정스러웠지만, 그것은 기우로 끝났다. 아버지는 빛의 속도로 그 생활에 종지부를 찍었던 것이다. 교통카드를 사용해 어디든 외출하고, 유니클로 옷도 멋들어지게 입으신다. 발이 조금 불편한 것을 제외하면 60대 후반 정도의 기동력이다.

미각의 폭도 극도로 넓어져 패밀리레스토랑도 에스닉 요리도 대환영이다. "뭐야 이게!"라고 말하면서도 잘 드신다. 옛날이었다면 절대로 있을 수 없던 일이다.

혼자 생활하시는 데 도움을 주는 분도 계셔서, 딸로서는 크나큰 안심이 된다. 돈에 관해서는 "없는 것은, 없는 거다"라고 바로 적응하는 힘이 무시무시하다. 딸의 무심함에도 전혀 신경 쓰지 않는다.

요전 날, 아버지는 나에게 아무런 의논도 없이 애완 문조를 집에 들이셨다. 당황해서 문조의 수명을 알아보니 7~8년이다. 이건 진정한 치킨게임[두 대의 자동차가 반대 방향에서 달려와 정면 충돌 직전에 먼저 핸들을 꺾는 사람이 지는 게임]이 아닌가. 어느 쪽이 먼저인가. 저에게는 새 알레르기가 있으니 새보다 먼저 가시지는 말아주시죠, 아버지.

집에 문조가 오고 나서 아버지는 점점 더 즐거워지시는 것 같다. 사랑스러운 것, 돌봐줘야 하는 것이 있으면 노인의 생활에도 활기가 생겨나는 것일까. 문조에게 '피코짱'이라고 이름붙이고, 스마트폰으로 사진도 보내주신다. 가지고 있는 것으로 최대의 즐거움에 빠져 계시니, 이렇다면 한동안은 건강하게 지내실 것이다. 영혼이 업데이트되어 정말로 다행이다.

시대가 변하고 가치관도 빠르게 변해간다. 일하는 남성의 종신고용과 연공서열, 전업주부의 무상 돌봄노동으로 지탱되던 경제는 진즉에 끝났다. 낡은 가치관에 매달려 있으면 남자들의 매일은 암담할 것이다.

아버지의 씩씩함을 보고 있으면 나도 배워야 한다고 진지하게 생각하게 된다. "그때는 좋았지"라는 말은 한마디도 하지 않고, 늘 새로운 것에 몸과 뇌를 점점 적응시켜간다. 그렇게 하는 것이 언제까지나 인생을 즐기는 비결이라고 아버지는 있는 힘을 다해 가르쳐주신다.

언젠가는 엄마를 만나러 가버리실 테니, 아버지가 숨 닿는 데까지 하고 싶은 일을 하고 싶은 만큼 다 해보시길 진심으로 바라고 있다.

3장

세상의 시선이 다 옳은 건 아니니까

"죄송합니다"와 유모차, 도대체 왜

역 빌딩에서 엘리베이터가 오기를 기다리고 있었다. 앞에 선 사람들은 노부부와 유모차와 함께인 엄마들 두 팀이다.

엘리베이터가 도착하고 노부부와 유모차를 미는 엄마들이 먼저 탔다. 그리고 나는 뒤에 탔다. 문이 닫히자 엄마들은 뒤를 돌아보고 "죄송합니다" 하고 미안한 얼굴로 나에게 사과했다.

그런데 그녀들이 나에게 뭘 잘못한 거지? 발을 밟은 것도 아니고, 유모차 때문에 내가 엘리베이터를 못 탄 것도 아니다. 생각할 틈도 없이 3층에서 문이 열리고 그녀들은 또 "죄송합니다" 하고 말하면서 내렸다.

좁은 엘리베이터에 유모차를 두 대나 넣은 것에 대해 영어의

'Excuse me'와 같은 뜻인 '실례할게요'라든가 수고나 작은 불편을 겪게 한 데 양해를 구하는 '미안합니다'라면 이해할 수 있다. 내가 커다란 여행용 가방을 가지고 엘리베이터를 타도 그렇게 말할 것이다. 그러나 진심으로 사과하는 느낌이 한껏 들어 있는 "죄송합니다"를 들으니 마음속이 금세 답답해졌다. 그렇게까지 사과하지 않아도 되는데, 라는 생각이 들었다.

사과할 필요가 없는 이런 장면에서의 "죄송합니다"에는 기시감이 있었다. 아이를 가진 친구가 하는 말을 몇 번이나 들은 적이 있다. 아이와 함께든 아니든, 엄마가 되고 나서 그녀들은 아주 자주 사과를 한다.

오해하고, 착각하고, 잘 잊고. 사소한 일에도 정말 미안한 듯이 사과한다. 그러면 다른 엄마가 "괜찮아요, 잘못한 건 나예요"라고 사과한다. 마치 식당 계산대에서 서로 내겠다며 계산서를 잡아당기는 사람들처럼 그녀들은 계산서에 매겨진 '잘못'의 가격을 사과로 지불하고 싶어 한다.

내 주변에 한정된 일일지도 모르지만, 기혼인지 아닌지에 관계없이 아이가 없는 여성이 사소한 일로 사과하는 것은 본 적이 없다. 사과 화법을 구사하는 것은 엄마들로 정해져 있다. 왠지 기분 나쁜 예감이 든다.

엄마가 된 친구에게 실례를 무릅쓰고 물어보았다. 친구가 말하기를, 아이가 생기면 자기가 하지 않은 잘못으로 사과할 일이 많아진다고 한다.

아이라는 동행자가 있으면 사과할 일이 늘어나는 것은 이치에 맞는 것 같게도 여겨진다. 그러나 자신에게만 얽매여 있으면 되었던 시절에 그녀가 "죄송합니다"라고 사과했던 기억은 없다. 양이 늘어난 것보다 질이 변하고 있는 것이 마음에 걸린다.

더 깊이 물어보니 안 좋은 예감은 맞았다. "기꺼이 사과를 받아주는 사람도 있어"라고 서두를 뗀 뒤 그녀는 계속했다. "아이가 울고 있든 웃고 있든, 자기와 같은 장소에 있다는 것만으로 마음에 들어 하지 않는 사람도 있지. 그런데 아빠가 함께 있으면 그렇게 노골적으로 불쾌감을 드러내지는 않더라."

암담한 기분이 되었다. 그렇다면 엄마는 항상 엎드려 사과하는 수밖에 없다는 말인가. 이쪽이 잘못한 것은 없다는 불굴의 정신을 관철하려고 사과를 회피했다가 오히려 아이에게 피해가 간 적도 있을 것이다. 이것은 마치 아이를 싫어하는 사람에게 아이가 인질로 잡힌 격이지 않은가.

화내는 쪽의 심중을 살펴보자면, 아이 때문에 자기에게 주어질 그 어떤 불유쾌함이나 불합리도 허용하지 않겠다는 것일 테지. 아이라는 존재를 부모가 자유자재로 관리할 수 있다고 생각하는 것이다. 자기가 아이였던 시절은 당연히 잊었고, 앞으로 늙어 누군가의 도움이 필요해지거나 휠체어를 타게 될 가능성을 상상할 힘 따위는 없다.

엄마가 된 친구의 사과 습관은 아이가 엄마 품을 떠나야 비로소 사라지게 될까. 아이 양육만으로도 힘든데 세상이 엄마들에게 지우는 짐이 너무 크다.

여자의 일생, 연어와 송어

"여자의 일생은 마치 연어 같다"로 시작되는 원고를 썼더니 내용을 세밀히 검토하는 교정 담당자와 편집부의 손을 두 번 세 번 번거롭게 했다.

'연어'는 성장 단계나 발견되는 장소에 따라 불리는 이름이 바뀐다. 어디까지나 개인적인 생각이지만 딸, 아내, 어머니, 할머니로 단계에 따라 다르게 불리는 여자와 닮았다고 생각했다. 출산을 위해 태어나고 자란 강으로 돌아오는 것도 여자의 친정 출산과 비슷한 듯하다.

나는 여자지만 연어는 아니다. 송어다. 현재는 독신이라는 강밖에 모르기 때문이다. "바다로 내려가는 연어와 강에서 살아가는 송어에 명확한 생물학적 차이는 없다"라는 설도 있는데, 강에서 미혼으로 아이 없이 일생을 보내는 나는 송어. 결혼을 거쳐 아이를 낳고 새로운 가족이라는 바다에서 헤엄치는 여자들은 연어. 내가 했지만 아주 훌륭한 비유라고 생각했다.

하지만 그렇게 엿장수 맘대로는 되지 않았다. 송어도 바다로 내려가는 경우가 있고, 연어와 송어의 생태는 복잡해서 분류가 어렵단다. 교정자로부터 "그렇게 단정 지을 수 없다"라고 몇 번이나 빨간색으로 교정되어 되돌아왔다. "단정 지을 수 없다"고 하니 더욱 여자를 닮았다.

인생의 단계가 막 바뀐 시점에서는 연어와 송어 사이에 분단이 일어난다. 가끔 갖는 모임에서도 아이가 있는 연어팀은 육아 이야기가 메인이 되고, 송어의 업무 고민은 송어팀끼리만 말한다. 연어는 바다의 지혜를, 송어는 강의 지식을 늘려가는 것이므로 어쩔 수 없다고 하면 어쩔 수 없는 것이다. 하지만 이것도 시간의 문제다.

젊은 여자가 "출산한 친구와 말이 통하지 않게 되었다"라고 탄식하는 것을 자주 듣는다. 나는 "사이가 나빠지는 것이 아니라 공통된 화제를 찾기 어려워졌을 뿐이야. 육아가 안정되는 40대 중반이 되면 또 자연스럽게 원래대로 돌아갈 거야" 하고 위로한다.

얼마 전 여자 친구 셋이서 이야기를 했던 때의 일이다. 기혼에 아이가 없는 A가 "경도 치매를 앓는 아버지를 단기보호소에 맡길 수밖에 없게 되었다"고 힘없이 말했다. 입소 전에 모든 소지품에 이름표를 붙여야 하는데, 아이가 없는 그녀로서는 처음 해보는 작업이었다.

그때 두 아이를 가진 B가 도움의 손길을 뻗쳤다. 소지품에 직접 이름을 쓴다면 볼펜 타입의 유성 네임펜이 도움이 되고, 자주 씻는 물건이 아니라면 마스킹테이프에 이름을 써서 후루룩 붙이면 된다고. 경험자만 알려줄 수 있는 내용에 우리는 그저 응응 대답만 할 뿐이었다.

두 사람의 이런 모습을 보고 나는 가슴이 뜨거워졌다. A는 부동산을 잘 알아서 작년에는 B가 아파트를 매매할 때 프로 못지않을 정도로 조언을 해주었다. 이번에는 B가 A에게 도움을 주고 있다.

여자로 태어나길 잘했다고 오랜만에 마음 깊이 생각했다. 우리는 한때 단절되었었지만, 연어도 송어도 드디어 한자리에 모여 자신의 서식처에서 얻은 지혜를 마음껏 공유할 수 있게 되었다. 이것은 우리의 재산이다. 다양성을 받아들이는 것은 지혜와 지식의 확장과 마찬가지다. 우리는 사회보다 한결음 앞서 그것을 실천하고 있다.

남겨진 문제도 있다. 연어의 길을 선택한 여자는 출산 시기에 일단 일을 그만두었다가 육아가 안정되면 다시 직장으로 돌아오는 경향이 있다. 요즘은 결혼과 출산으로 이직하는 사람이 줄어 흔히 말하는 M자 커브가 완만해졌다고는 하지만, 어쩔 수 없이 직장을 떠났던 여자가 출산 전과 같은 커리어로 되돌아가기 힘든 것이 현실이다.

이것을 어떻게 해결할 것인가. 어린이집만 늘어나면 정말 해결될 수 있는 문제일까. 휴직 기간의 공백은 개인의 노력만으로 채워야 하는 것인가. 회사에서는 얻을 수 없는 지혜와 지식을 잔뜩 익히고 돌아왔는데도 말이다.

복직을 희망하는 육아경험자의 지혜와 지식을 사회에 환원하는 시스템이야말로 진정 필요한 것인지도 모른다. 그것 없이는, '정년까지 일하는 것이 당연'하다고 여기는 남자들은 무서워서 장기 육아휴직은 염두에 둘 수도 없을 것이다.

사실은 일하는 여자들도 두려워하지만, 달리 방법이 없는 것이겠지. 아, 안타깝다!

달라지는 가족의 형태

프랑스 남자와 결혼해서 프랑스령 레위니옹섬에 살고 있는 고교 동창생이 있다. 그녀가 남편의 전근으로 그곳으로 이주하고 나서야 나는 인도양에 떠 있는 레위니옹섬의 존재를 알았다.

에메랄드빛 바다, 하얀 백사장, 거대하게 드리우는 석양. 페이스북에 업데이트되는 그녀의 사진에 나는 항상 압도될 뿐이었다. 아침 산책에서 야생 망고를 주웠다는가 하면, 집 정원에는 바나나 나무가 자라고 있다. 이건 매일이 바캉스 아닌가. 나도 모르게 "좋겠다"라는 소리가 흘러나왔다.

그러나 아무 연고도 없는 작은 섬에서 매일을 살아가는 일이 결코 쉬운 일은 아닐 것이다. 나로서는 상상조차 할 수 없는 수고로움이 있을 터이다. 자주 정전도 된다고 하니 말이다.

이미 편리에 너무 익숙해져서 편리하다고 인식할 수도 없게 되어버린 내가 부럽다고 말하면, 그녀는 "나는 나대로 힘들어"라고 말할 것이 틀림없다. 그래도 그녀는 매우 행복해 보였다. 그 웃는 얼굴은 마치 플로네 같았다.

플로네는 내가 어렸을 때 TV에서 세계명작극장으로 방송되었던 〈플로네의 모험〉의 주인공이다. 바다 위에서 조난당한 일가족이 대자연의 위세에도 힘을 합해 무인도에서 살아가는 이야기다.

누군가와 가족이 되어 상상도 해보지 못한 땅으로 옮겨가 산다. 무인도에 표류할 생각은 아니라도, 엄청 드라마틱하다. 그런 인생을 동경하지 않는 것도 아니지만, '가족이니까'라는 이유로 어디든 함께 가는 것은 나로서는 도저히 불가능하다.

남편의 해외 부임을 계기로 일을 그만두는 여성이 여전히 많다고 들었다. 경력 단절은 나에게는 사망선고나 마찬가지다. 부임지에서 일하려고 해도 배우자의 비자로 만족할 만한 직장을 찾기는 어려워 기본적으로는 가정에서 가족을 보살피며 돕는 것이 메인 역할이 된다고 한다.

앞으로 10년만 지나도 이것은 여자한테만 있는 일은 아닐 것이다. 왜냐하면 이제까지는 '잘 버는 쪽이 남편'인 경우가 다수였기 때문에 아내의 인생이 남편의 손에 맡겨져 있었지만, 본질적으로는 '남녀를 불문하고 경제력 있는 쪽이 다른 한쪽의 인생을 고정하는' 경향이 있는 것이 가족이다. 돈 버는 여자 쪽에서 보면 비슷한 정도의 벌이를 하는 남자를 위해서 왜 자신의 경력을 버려야 하는가. 그러나 사회의 변화에 통념이 따라주고 있지 못하다. 남자를 따르는 것이 좋은 여자라는 인식이 만연하다. 이것을 받아들이기 어려워 결혼을 주저하는 여자들을 많이 봐왔다.

20대 후반인 한 여자 후배는, 결혼을 생각하며 사귀던 연인이 해외로 근무를 가게 되었는데, 자신은 따라갈 마음이 전혀 없다는 것을 깨닫고 깜짝 놀랐다고 한다. 그렇게나 충고했건만 우리와 같은 전철을 밟고 있다. 하지만 그것은 그런대로 좋다고 생각한다.

다른 친구로부터는 출산 소식이 전해졌다. 임신한 것도 몰랐는데 말이다. 그녀는 40대 초반의 미혼으로, 출산 후 아이 아빠라는 사람과 함께 살지는 모르겠다고 한다. 그러고 보니 정자은행을 이용해서 해외에서 아이를 얻은 친구도 있다. 그녀도 미혼이고, 지인의 범위를 넓혀본다면 내가 아는 선택적 미혼모는 한

쪽 손가락 수만큼은 된다.

미국에서는 자발적 미혼모를 SMC, 즉 선택에 의한 미혼모Single Mothers by Choice라고 부른다. 현실은 '남편 해외 전근을 따라갈 것인가' 따위의 레벨을 훨씬 넘어서기 시작했다. '아이를 갖는 것'과 '결혼'이 꼭 붙어 있지 않더라도 여자도 아이도 모두 행복할 수 있는 시대가 드디어 찾아온 것일지도 모른다. 그녀들의 공통점은 경제적으로 여유가 있다는 것이다. 어쩐지 SF 같아졌네, 하고 생각했다.

자손번영에 결혼이 필수조건이 아니게 될 미래까지도 어느 정도 상상할 수 있게 되었다. 동성, 이성에 관계없이 성인 두 사람이 공동생활을 영위하기로 하는 계약, 프랑스의 대안결혼제도인 PACS, 즉 사회연대협약Pacte civil de solidarité 같은 시스템이 국내에 도입되어 아이를 갖기 쉬워질 날이 오게 될 것이다.

하지만 사회 진출과 경제력을 기반으로 한 자발적 미혼모의 출현이 이렇게나 빠르리라고는 생각지 못했다. 가족의 형태가 점점 다양해지고 있다.

현실은 언제나 상상보다 앞선다. 저출산 문제의 해결책이 생각지도 못한 곳에서 나타나, 여자가 자궁을 사용해서 아이를 낳는 것도 앞으로 100년 안에 끝날지도 모를 일이다.

모델 사이즈가 된 순간

'모델이 되고 싶다면 일반인보다 훨씬 말라야 한다.'

그런가? 그런 생각 너무 올드하잖아. 그렇게 생각하는 것은, 기껏해야 21세기 최초의 10년까지만이다. 이미 끝나가는 트렌드이다.

거짓이라고 생각한다면 모델 애슐리 그레이엄의 영상을 검색해보기 바란다. 더 많은 검색 결과를 원한다면 알파벳 Ashley Graham으로 검색하는 것을 잊지 마시길. 당신은 그녀의 아름다운 육체에 놀라고, 매료되고, 자신감에 넘치는 웃는 얼굴에 녹아웃될 것이다.

애슐리 그레이엄은 확고부동한 미국의 톱모델이다. 일반적인 모델과는 달리 꽤 포동포동한 몸매를 갖고 있다. 배도 나오고, 다리에도 팔에도 충분히 살이 있다. 엉덩이는 상당히 크고, 허벅지에도 많은 셀룰라이트가 보인다. 보정된 사진도 있긴 하지만, 인스타그램에 애슐리는 있는 그대로의 사진을 올린다.

애슐리의 사이즈로 말하자면 일반적인 옷가게에는 없는 이른바 '빅'사이즈다. 하지만 통통하다거나 뚱뚱하다고 단정 짓는 것은 우리만의 기준일지도 모른다. 플러스사이즈 모델의 지위가 높은 미국에서 그녀의 인기는 천정부지로 치솟고 있다. 요 몇 년간은 토크쇼나 시상식 리포터 등으로 TV 프로그램에서도 활동하고 있다.

커다란 몸을 가진 사람의 하나로서 나도 애슐리에게 빠져 있다. 그녀의 사진을 모으거나 동영상을 보거나 그녀가 모델인 브랜드에서 수영복을 새로 맞추기도 했다. 아름다운 애슐리를 볼 때마다 나까지 자랑스러운 기분이 든다.

그런데, 며칠 전의 일이다. 피팅룸 거울에 비친 속옷 차림의 나는 바로 애슐리 그레이엄이었다.

일반적으로는 '살쪘다'라는 한마디로 정리되는 사태일 테지만, 예사롭지 않은 흥분이 나를 덮쳤다. 강한 동경이 이렇게 구현되다니. 평소라면 덜컥 주저앉을 장면에서 심장박동 소리가 높아졌다. 암튼 모델 아웃라인에 내 윤곽이 딱 들어맞는다는 건 태어나서 처음 있는 일이니까.

속옷 차림으로 토실한 엉덩이와 배를 불룩 내밀고 큰 거울 앞에서 애슐리처럼 섹시한 포즈를 취해본다. 음, 나쁘지 않군. 어떤 포즈도 다 비슷해 보이니, 무의식중에 앞으로의 처신을 어떻게 하면 좋을지 생각해볼 정도였다.

제정신이 돌아오니, 목 아래는 같더라도 얼굴이 애슐리 그레이엄이 아니라는 정도는 깨닫는다. 하지만 거울에 비친 나의 몸을 보고 '모델이랑 똑같네. 나쁘지 않아!'라고 느끼고 바라본 그 순간은 최고로 기분이 좋았다. 가슴에 끓어오르는 것이 느껴졌다. 지금까지는 거울에서 눈을 돌리고 차마 보지 않았던 모습이다.

인기 있는 플러스사이즈 모델은 애슐리뿐이 아니다. 이스크라 로렌스는 이미 전당에 들어갔고, 밀라 달베시오는 캘빈클라인 모델을 한 적도 있다. 타라 린, 스테파니 페라리오(그녀는 "기존 모델보다 몸집이 크다"는 이유만으로 플러스사이즈 모델로 불리는 것은 싫어하는 것 같지만), 조딘 우즈 모두 자신의 몸을 사랑하고 존중하고 있다는 것이 표정이나 포즈로 전해진다. "저 여자, 뚱뚱하지 않아?" 따위의 의문은 추호도 가질 수 없다.

그녀들은 대담하고 섹시하며 큐트하고 개성이 넘친다. 그리고 자신감이 넘친다. 그녀들을 놓고 짓궂게 말하는 멋없는 패거리에게는 때로는 신랄한 농담으로, 때로는 진지한 의견으로 훅 되받아친다.

혹시 그녀들에게 "예쁘긴 한데 좀 더 말랐으면 좋겠네"라고 말하려는 사람이라면 주위로부터도 곱지 않은 시선을 받을 테니, 바람직한 시절이다.

얼마 전까지 '세상의 보통' 기준에서 불거져 나왔던 이것저것이 점점 긍정적으로 여겨지게 되었다. 예전에는 '보통이 아니'던 것이 빈번하게 사람들의 눈에 머물게 되면서 결국 선망의 대상으로 받아들여진다. 이런 식으로 가치관이 뒤바뀌는 순간을 마주하는 것이 참을 수 없을 만큼 좋다.

개인적으로는, 풍성한 몸은 먹는 행위를 연상하게 하므로 섹시하게 비칠 수도 있다고 생각한다. 먹는 행위는 섹스하고도 닮아 있기 때문이다.

또한 나는 '근육이 잘 잡힌' 여성 모델들도 주목하고 있다. 아주 매력이 넘친다. 날씬하든 풍만하든 근육 빵빵이든, 어쨌든 간에 매력적인 것은 매력적인 것이다.

선택지는 다양할수록 좋다

런던에 사는 친구가 오랜만에 잠시 귀국했다. 이번에는 네 살 되는 딸과 남편을 동반하고 당당하게 돌아왔다.

국내에 머무는 동안 대부분은 그녀의 고향에서 보낼 예정이지만 하루는 내가 사는 곳으로 온다고 해서 그러면 동물원에라도 갈까 하고 이야기가 되었다.

그녀와 나는 미국의 같은 대학에서 유학하면서 1년 정도를 함께 보냈다. '같은 나라 유학생과는 엮이지 말라'는 것이 유학생의 철칙이지만, 그것을 지킬 필요가 없었다. 우리는 너무 잘 맞았기 때문이다.

미국인을 비롯해 각국 친구들을 많이 사귀었다. 하지만 우리

나라 유학생과도 많이 떠들었다. 마지막에는 우리가 가르쳐준 은어를 사용해 미국인들끼리 장난칠 정도였다. 영어와 미국 문화를 배워야 하는데, 미국인에게 나쁜 일본어만 알려주고 돌아온 셈인지도 모른다.

그런 인연으로 20년 이상 알고 지낸 사이다. 하지만 요즘은 페이스북에서 서로의 근황을 살펴보는 정도일 뿐이었다.

대담하고 역동적인 미국이 마음에 들었던 나와는 대조적으로, 사려 깊고 조용한 그녀는 영국을 사랑했다. 현지 회사에 채용되어 벌써 10년 이상 런던에서 잘 살고 있다. 아주 훌륭하다.

4년 전 그녀가 느닷없이 "딸의 대모가 되어줘"라고 했다. 의외의 부탁이었다.

대부라면 영화에서 본 적이 있지만, 그 대부의 여자 버전은 아니겠지. 〈섹스 앤드 더 시티〉에서 캐리가 미란다 아들의 대모가 됐던가? 원래 나는 불교 신자이고 아이의 세례식 날 런던으로 날아가기도 어려울 터였다.

짐짓 망설이는 나에게 그녀는 말했다. "세례식에 참가하지 않아도 돼. 내가 이혼을 생각하고 있기도 하고, 헨리 8세가 설립한 영국국교회라서 엄격한 규율도 없으니 안심해도 돼."

그렇군. 그렇다면 무엇을 하면 될까? 어리둥절해하는 나에게 그녀는 계속 이야기했다. "딸에게 영감을 주는 존재였으면 해. 그러니까, 지금 그대로의 너로 있어주면 돼. 딸이 크면 이야기 상대가 되어줘."

이 얼마나 기쁜 이야기인가. "지금 그대로"면 충분하다니 좀처럼 타인에게서 듣기 어려운 말이다. 나는 그녀에게 진심으로 감사했다.

감개무량했던 것에 비해 나는 아이의 생일에 선물을 보내지도 않고 여전히 대모 자격 미달인 채로 하루하루를 보내고 있었다. 이런 건 정말 낙제점인 나란 인간이다.

페이스북에 아이의 사진이 업데이트될 때마다 '아이는 정말 빨리 자라는구나' 하고 깜짝깜짝 놀라곤 했다.

그로부터 4년, 드디어 대녀와 만날 날이 찾아온 것이다. 공주 같은 물건이나 핑크색을 좋아한다고 들었으므로 백화점 장난감 가게에서 〈겨울왕국〉의 엘사가 프린트된 연습용 젓가락과 글자 퍼즐을 사서 핑크색 가방에 넣었다. 이것저것 사서 가방을 채운 나는 딸을 넘어 손녀를 기다리는 할머니 같은 기분이 들었다.

만나게 된 당일, 대녀는 처음에는 낯가림을 해서 눈을 맞춰주지 않았지만, 함께 보낸 시간에 비례해서 서서히 자신을 보여주었다. 활짝 웃는 얼굴이 태양 같아서, 매우 귀여웠다.

푸른 하늘 아래, 손을 잡거나 꼭 끌어안거나 하면서 백곰이랑 고릴라랑 사자를 함께 보며 돌아다녔다. 각각의 동물 앞에서 친절하고 알기 쉽게 해설하는, 끔찍이 자식을 사랑하는 아빠를 보니 절로 미소가 지어졌다. 꽤 교육열이 높은 듯싶었다.

그녀와 딸과 파트너는 함께 생활하는 '가족'이다. 하지만, 파트너는 그녀의 '남편'은 아니다. 영국에서는 결혼하지 않아도 육아에 행정적·사회적 불편이 없으므로 그 필요성을 느끼지 않는다고 한다.

영국 여자들은 결혼을 하든 하지 않든, 어느 쪽을 선택하더라도 같은 권리를 가질 수 있다. 시민이 공평하게 복수의 선택지를 가질 수 있다는 것은 사회가 풍요롭다는 증거이기도 하다. '이것을 하려면 이것밖에 없다'라는 사회에서는 숨이 꽉 막힌다.

우리에게 다양한 선택지가 열린 시대가 오기를 바라 마지않는다. 나아가 동성결혼까지도 말이다. 누군가가 부당하게 불이익을 당하지 않는 한 선택지는 많이 준비되어 있는 것이 분명 좋다. 행복의 형태는 다양하니 말이다.

엄마와 아빠, 공동의 무게

40대에 돌입하고 나니, 순백의 드레스를 입고 웃는 얼굴로 배웅을 받으며 떠났던 친구들이 하나둘 이쪽으로 돌아오게 되었다. 그래, 어서 와!

여기는 기혼자촌을 해탈과 깨달음의 경지에서 바라보는 리버사이드 독신촌이다. 여유로운 생활을 보내는 우리에게 동료의 귀환은 결과적으로는 기쁜 소식이지. 좋아 좋아.

다행히도 내 주변에 타의에 의해 이혼을 경험한 사람은 한 명도 없다. 더 행복해지기 위해 독신으로 돌아오기를 선택한 용맹스러운 자들만이 있을 뿐. 청천벽력같이 이혼하게 되었다기보다는 깊이 생각한 결과 스스로 이혼을 결정한 쪽이라는 것이다.

전남편과의 관계는 다양해서, 완전히 연락을 끊은 사람도 있고, 이인삼각으로 육아에 나서 이전보다 관계가 좋아진 사람도 있다.

나로서는 얼마 전까지 좀 자제하고 있던 밤 모임에 거리낌없이 불러낼 수 있게 된 것이 기쁘기 짝이 없다. 며칠 전에도 이혼경험자인 친구 두 명을 불러 닭꼬치를 먹으며 한껏 떠들고 왔다.

이혼 후의 변화를 물으니, 둘 다 "이혼 상담이 엄청 늘었다"고 했다. 들어보니 '이혼'이라는 두 글자를 머릿속에 떠올린 적이 있는 기혼자들은 항상 적절한 상담 상대를 찾고 있는 것 같았다.

확실히 독신촌에 도달하는 것은 남편의 험담까지만이다. 그러고 나서 앞으로의 구체적인 이것저것을 상담받는 일은 거의 없다. 뒤돌아보면 이혼 이야기를 꺼낼 때는 "이미 정하기는 했지만"이라고 결정을 내린 후에 마음을 터놓는 경우가 많았다.

부부 세 쌍 중 한 쌍이 이혼한다는 일본에서도 아직 이혼경험자의 숫자는 기혼자보다 훨씬 적게 느껴진다. 하고 싶지만 할 수 없는 사람도 많을 것이다. 통념 때문에 아직 꺼림칙한 것일 수도 있고, 아이가 어릴 때는 무리라는 사람과, 살아갈 일이 막

막해서 할 수 없이 계속 산다는 사람도 있다. 그러니 가까운 데서 이혼경험자를 발견하면 고민 중인 기혼자는 누가 먼저랄 것도 없이 물어보게 되는 모양이다.

취기가 올랐을 때쯤 전남편과 이인삼각으로 육아를 한다던 친구가 투덜거리기 시작했다.

그녀의 아이들은 전남편과 살고 있고 친권도 전남편이 가지고 있다. 아이의 환경을 고려해 이야기를 잘 나눈 결과다. 가족 간의 사이가 좋고 나쁨은 이혼과 관계가 없다.

이혼 후, 전에 살던 집 근처에 살 곳을 얻은 그녀는 매일 아침 아이들의 도시락을 싸서 전달해준다. 학교 행사에는 부모 모두 참가하고 아이의 교육비도 공동으로 부담하고 있다. 살던 집에 자유롭게 드나들고 아이들과는 거의 매일 만난다. 흔한 경우는 아니지만, 새로운 가족의 형태로서 충분히 기능하고 있는 것 같았다. 적어도 내 눈에는 그렇게 보였다. 그녀도 아이들도 행복하게 잘 살아가고 있는 것 같았다.

그렇게 잘 사는 모습을 보면서도 한쪽에서는 "아이를 빼앗긴 여자"라고 뒤에서 수군거리는 일이 있는 모양이다. 엄마 자격을 운운할 뿐만 아니라 "아이랑 아빠가 불쌍하네"라고도 한다나.

이 얼마나 우울한 이야기인가. "아이를 빼앗긴 남자"라는 이야기 따위는 들어본 적이 없다. 확인해본 바는 없지만, 전남편은 주위에서 안쓰러운 마음으로 대할 뿐만 아니라, 심지어 '아빠가 대단하네' 하는 시선으로 바라본다.

이렇게 말하는 나도 연예인의 이혼 뉴스에서 '친권은 아버지에게로'라는 이야기를 들으면 뭔가 특별한 사정이 있겠구나 하고 짐작해버리는 불손한 마음이 있다. 어떤 면에서 아이는 엄마가 키우는 것이 자연스럽다고 생각하는 선입견 때문일지도 모른다.

앞서 말한 친구의 전남편은 이렇게 말했다고 한다.

"엄마에게 친권이 없다고 눈살을 찌푸리는 것은 아빠에게 양육 능력이 없다고 말하는 거나 같지. 정말 화가 나네."

나는 아무 말도 하지 못했다.

엄마가 있으면서, 라는 생각에는 아빠는 아이를 잘 키울 수 없다는 뜻이 내포되어 있다. 알게 모르게 심어진 사회규범이란 이렇게나 만만치 않은 것이다. 고정된 사고는 버려야 한다고, 이미 그런 시대는 아니라고 항상 나 자신에게 가르치고 있다.

돋보기안경을 쓴 아나운서

월요일부터 금요일까지, 오전 11시부터 오후 1시까지 TBS 라디오에서 방송되는 〈제인 수의 생활은 춤춘다〉라는 프로그램의 진행을 맡고 있다.

하루를 긴 연극으로 본다면, 오전 11시는 1막의 막간 휴식과 같은 시간이다. 전업주부라면 남편과 아이를 내보내고 서둘러 집안일을 마치고 휴 하고 한숨 돌릴 즈음이다. 영업사원이라면 조례 후 한두 건의 외근을 마치고 이동 중인 차 안에서 편의점 커피를 마시면서 잠깐 쉴 즈음일까?

내 파트너가 되어주는 것은 TBS의 아나운서들이다. 한동안 수요일의 아나운서가 육아휴직 중이었을 때는 베테랑 여자 아나운서가 대타를 맡아주었다.

이 베테랑 아나운서는 스포츠 팬이다. 자신이 좋아하는 스포츠 이야기를 할라치면 평소의 성실한 얼굴이 단번에 활짝 피면서 커다란 눈동자가 빙글빙글 색을 바꾸는 것이 더할 나위 없이 매력적이다.

하지만 일할 때는 엄격해서 젊은 스태프와의 협의도 절대 건너뛰지 않는다. 즉 의문이 드는 곳은 빈틈없이 채워 넣는다. 스태프들에게도 꿋꿋이 압박을 가하니, 마치 스승이 새로운 제자에게 예능을 가르치듯이 상당히 엄격하다.

여자 아나운서를 '장식품 같은 존재'라고 생각하는 사람이 아직도 많은 현실이지만 직접 겪은 바로는 전혀 다르다. 남자 아나운서와 별반 다르지 않은 기술직으로, 끊임없는 자기계발과 타고난 센스가 없으면 오래갈 수 없다.

시험 삼아 이 글을 소리 내어 읽으면서 녹음하고 반복해서 들어보기 바란다. 일상적으로 사용하는 언어라고는 생각지도 못할 만큼 서툰 자기의 발성에 놀라는 사람도 많을 것이다. 소리의 볼륨은 일정한가? 음정이 흔들리지는 않는가? 어미까지 확실하게 발성할 수 있는가? 그렇게 해본 다음 다시 뉴스를 들어보면 아나운서의 기술이 얼마나 대단한지 잘 알 수 있다.

이렇게 말하는 나 역시 이전에는 여자 아나운서를 '외모가 받쳐주는 복 받은 여자들'이라고 색안경을 끼고 본 사람 중 하나다. 그러나 아나운서 개개인과 만나 같이 일을 해보니, 나의 편견이 부끄러워졌다.

여자 아나운서가 아이돌 같은 존재로서 소비되기 시작한 것은 1980년대 후반의 일이다. 후지TV를 필두로 거국적으로 '여자 아나운서'라는 마스코트를 양산했다. 이 베테랑 아나운서도 세대를 따지자면 여자 아나운서 붐의 1세대이다.

붐의 공과 과를 말하기에는 지면이 부족하지만, 과를 단적으로 말하자면, 내가 가졌던 편견과 비슷한 인상을 세상에 퍼뜨린 일일 것이다. 남자들이 받쳐주어 편하게 일하고, 몇 년 지나면 저명한 사람과 결혼해서 일을 관둔다는 편견 말이다.

30세가 넘으면 정년 소리를 듣는 여자 아나운서의 세계지만, 내가 아는 한 이곳에서는 기술과 경력이 있다면 몇 살이 되든 활약할 장을 얻을 수 있다. 기술이든 경력이든 노력하기 나름으로 획득할 수 있지만, 미리 준비되어 있는 것은 아니라는 점이 중요하다.

50대 중반의 베테랑 아나운서는 라디오와 TV 출연으로 오늘도 바쁘다. "꼭 당신이 맡아주었으면 좋겠어요"라는 요청이 많은 것이다. 지금까지는 돋보기를 쓰지 않는 맨눈인데, 최근에는 모니터와 바로 앞에 있는 원고에 초점을 맞추는 것이 큰일이라고 이야기한다.

"이것을 맨눈으로 볼 수 없게 된다면 이 일은 끝이야." 그렇게 웃는 선배 아나운서에게 나는 당황해서 고개를 가로저었다.

돋보기안경을 쓴 여자 아나운서의 등장이야말로 여자 아나운서의 승리를 보여주는 증거가 아니겠는가. 젊음과 서투름으로 상징되는 존재가 아니라는 것을 돋보기를 쓴 모습이 충분히 이야기해줄 것이다.

조직 안에서 여자가 정년까지 확실히 근무해낼 수 있는 직종이라고, 돋보기를 쓴 모습을 후배에게 보여주면 좋겠다. 그런 바람을 담아 새빨간 테의 돋보기안경을 선물했다.

오래 일을 계속하는 데 필요한 것은, 일에 대한 진실하고 진지한 태도다. 그것은 의심 없이 그 어떤 일에서라도 똑같다.

각각의 사정과 배경

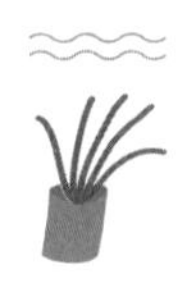

이걸 어떻게 설명해야 할까. 나는 친구와의 대화에 골치가 아파졌다.

처음에는 별것 아닌 근황 보고였다. 하는 일은 어떤지 묻는 여느 때와 같은 이야기를 시작했을 때, "꼰대들 용서가 안 되네" 하고 그녀가 분개했다. 그녀가 말하는 꼰대란 직장에 있는 관리직 중년남성을 말한다. 업무상 여러 결정권을 쥐고, 여자 사원을 이용만 할 뿐 승진도 시키지 않고 '자기들 방식'대로 일을 진행하는 남자들을 말한다.

"하여간 꼰대들은 말이야" 하고 그녀는 계속했다. 좀 전까지만 해도 직장의 중년남성에 대해 이야기하고 있었는데, 어느새 세상의 중년남성 전반을 말하고 있다. 꼰대들에게 "여자란 말이지" 하고 싸잡혀서 흠이 잡히는 여자들도 머리에서 열이 뻗치면 바로 남자들을 하나로 묶어버린다. 정신 차리지 않으면 나도 그런다.

그렇다면 아저씨들을 싸잡아서 흠잡는 것을 관두고, 그녀가 실생활에서 알 수 있는 '꼰대가 아닌 아저씨'에 대해 말하자면, 생활이 그만그만하게 여유가 있고 여성을 존중하는 타입의 정규직 중년남성이다. 그녀의 생활에 박봉에 비정규직으로 고용된 아저씨와 마주칠 일은 없다.

상대가 여자라는 이유만으로 깎아내리는 아저씨를 용서하지는 않지만, 사람이 제각각이라 그런 식으로 생각하게 되는 배경은 다르겠지. 그렇게 이해해주기를 바랐지만 아무리 설명해도 나의 표현이 부족했다.

며칠 전, 트위터에서 노골적인 멘션이 날아왔다. 그는 말하기를, "당신네 여자들은 머리가 좋아서 생각이란 걸 하고 있고, 남자들은 하반신으로 움직이는 뇌가 없는 생물 정도로밖에 여기지 않으니까 안 되는 거다"라고 했다. 확실하게 반론은 해주었지만, 전혀 모르는 일로 이런 말이 날아오는 일이 가끔 있다. 나는 피해가 적은 편이다.

이런 부류의 사람이 보통 어떤 말을 투덜거리고 있는지 보러 가면, 대체로 생활이 곤궁하다는 것을 알 수 있다. 나이는 40대에서 50대, 장시간 일해봤자 하루하루 먹고사는 것도 빠듯하거나, 어떤 이유에서인지 일하지 않고 틀어박혀 있다. 그들은 젊지도 예쁘지도 않은 여자가 즐겁게 사는 듯 보이는 것이 몹시 못마땅한 듯하다.

나는 그들의 무례를 무조건 나쁘게만 볼 수는 없다. 자기가 가질 몫이 적은 것도 여자 탓이고, 자기가 괴로움을 당하는 것도 여자가 제멋대로인 탓이라고 생각하고 있지만, 그들에게는 그렇지 않다는 것을 알 기회조차 전혀 없었기 때문이다. 이대로라면 앞으로도 없을 것이다.

기득권의 이익을 자기들끼리만 나눠 가지고 있는 꼰대 아저씨야말로, 나를 공격하는 아저씨와 나의 공통의 적일 텐데, 그들은 여자를 적대시한다.

물론 그들의 불평 불만을 여자가 받아줄 이유는 없으므로 딱 선을 긋지만, 내가 만약 남자로 태어나 같은 상황에 놓인다면, "여자는 안 된다"라고 말하지 않을 수 있을까? 좀 자신이 없다.

물론 같은 조건에서도 여자에게 화풀이하지 않는 남자도 있다. 그것은 관리직 중년남성이라도 마찬가지다. 대부분은 개인

차이고, 환경이나 교양의 차이가 원인이지만, 문제는 아저씨 계층의 분단이 여성들의 활약에 걸림돌이 된다는 점이다.

현재 상황에서는 기득권을 휘두르는 중년남성과 곤궁한 중년남성 사이에 일을 잘하는 여자들이 끼어 있다. 여자들도 분열되기 십상이므로 남자는 남자대로 노력 좀 해달라고 하고 싶지만, 이 남성 곤궁층이 개선되지 않으면 여자의 자존감은 계속 으드득으드득 깎여나갈 것이다.

여자를 나쁘게 말하는 아저씨들에게 마리아처럼 손을 내뻗을 필요는 없다. 끈기 있게 설명할 필요도 없다. 나를 낮출 필요는 없지만, NO라고 확실히 밀어붙이는 것은 중요하다고 생각한다. 그래서 상대가 깨달아주면 좋겠지만 말이다. 동시에 서로를 아는 것은, 양쪽의 가시밭길을 개척하는 계기가 되리라고 믿고 있다. 나는 그들의 배경을 알아가려 한다.

가만히 잠자코 있으면 무시당하고, 소리를 높이면 공격당한다. 이 상황을 타파하기 위해서는 대립이나 설득보다도 상호 이해가 효과를 나타낼 것이다. 적을 착각해서는 안 된다. 신자유주의의 청구서를 페미니즘이 지불할 이유는 없으니까.

'성격이 좋다'는 건 어떤 의미인가

필요 이상으로 겉보기에 위압감이 느껴지는 사람이 있다. 바로 내 이야기다.

어릴 때부터 그랬다. 내가 말을 걸면 상대방은 왠지 좀 무서웠다고 한다. 바로 지난달에도 그런 말을 들었다. 이것은 더 이상 어쩔 수 없는 일이라고 포기하고 있다.

그럼 적어도 "이야기를 나눠보니 너무 성격이 좋아서 놀랐다"라는 이야기를 듣고 싶다. 하지만 친한 사람들에게 물어보면 그렇지도 않은 것 같다. 그럼 성격이 나쁜가 하고 물어보면 그렇지도 않다고 한다. 이도 저도 아니고 아주 어중간하다.

인터넷에서는 스스로 성격이 나쁘다고 말하는 사람이 많다.

SNS 프로필에 일부러 "성격 나쁨, 독설가"라고 쓰는 사람도 있다. 짐짓 견제하고 의식하는 부류일 테지만 그닥 마음에 들지는 않는다.

불필요하게 나쁜 사람인 척하는 듯 보이고, 위악스럽게 느껴진다. 정말로 성격이 나쁜 사람은 자신을 결코 그렇다고 생각하지 않는다.

성격의 좋고 나쁨은 자신의 주장과는 다를 수 있다. 원래 타인의 존재 없이는 말할 수 없는 것이다. 혼자 무인도에서 신천옹〔앨버트로스라고도 불리는 대형 바닷새〕을 상대로 심술을 부린다 해도, 아무도 보고 있지 않으면 '성격 나쁜 사람'이라는 꼬리표는 붙을 수 없다. 조용히 '나란 사람…… 성격이 나쁘구나'라고 생각하는 정도가 고작일 것이다. 좋은지 나쁜지를 판단하는 것은 언제나 타인이다. 그러므로 사람에 따라 성격에 대한 평가는 바뀔 수 있다.

그런데 타인은 무엇을 기준으로 성격의 좋고 나쁨을 판단하는 것일까.

'친절하다'는 것이 우선 조건의 하나로서 떠오르지만, 친절함이란 애매한 것이다. 받아들이는 사람 입장에서 좋은 행동이 친절하다고 정의되는 경우가 많다. 그런데 특정한 사람에게만 친절하면 상대에 따라 태도를 바꾸는 사람으로 간주될 가능성이 있다. 모두에게 친절하게 대하면 이번에는 단순히 호인이 되어버린다. 호인은 '누구에게나 친절한 사람'이라고 뒤에서 흉을 보는 경우도 있어 수지타산이 맞지 않는다.

'수지타산이 맞지 않는다'라는 발상 자체가 성격의 좋음과는 거리가 멀다고 말하는 사람도 있을 것이다. 확실히 이해득실 계산만을 따진다면 누구에게나 신뢰를 얻을 수 없다. 한편 자기희생을 동반하는 이타적 행동만 하고 있다면 약아빠진 사람들에게 이용당한다.

이렇게 생각하면 성격의 좋음은 항상 리스크를 수반하는 것 같다. 그런 위험을 부담해야 하는 성질의 것인 걸까.

아니, 내가 떠올리는 성격 좋은 사람들은 더 강하다. 대지에 뿌리를 내리고, 여간한 일로는 흔들리지 않는다. 사랑받으려고 과도하게 애쓰지 않고 솔직하다는 인상을 준다. 내가 생각하는 '성격이 좋은 사람'은 무슨 일에든 관용이 있으면서 대범해서 자신을 크게 보이려고도 작게 보이려고도 하지 않는다. 그 상태를 뭐라 표현하면 좋을까.

좋은 성격의 정체를 가려내는 것은 어려우니 나는 우선 인터넷에 물어보기로 했다. 검색창에 '성격 좋은 사람 특징'이라고 입력하고 엔터키를 팍 누른다. 예상대로 '친절하다'가 가장 먼저 나왔다. 뭐, 그렇구나.

포기하지 않고 몇 군데의 사이트를 돌아봤더니 무릎을 탁 칠 만한 표현을 만났다. 거기에는 "어떤 때라도 남의 기쁨을 솔직하게 기뻐할 수 있는 사람"이라고 쓰여 있었다.

이거다!

그런 것, 정말로 성격 좋은 사람밖에 할 수 없다. 나로 말하자면 내가 상태가 나쁠 때 남이 잘되면 "좋겠다"라고 말하면서도, 불편한 마음이 들고 실패했어야 하는데, 하고 생각한 적도 있다.

어떤 때라도 타인의 행복을 축복하는 것은 소중한 일이다. 마찬가지로 어떤 때라도 남의 슬픔을 내 일처럼 슬퍼할 수 있는 것도 소중하다. 모두 자신이 충족되어 있지 않으면 할 수 없는 일이다.

충족된다는 것은 무언가와 비교해 과부족이 없는 것이 아니다. '이만하면 괜찮다'라고 자신을 믿을 수 있는 상태, 즉 타인과 비교하지 않고 만족할 수 있는 상태를 말한다.

그런데 그게 말처럼 쉬웠다면 고민도 안 할테지만 말이다.

성격이 좋은 사람이란 생각보다 둔감한 것일지도 모른다. 자신이 성격이 좋은지 나쁜지 다른 사람이 어떻게 생각하는지 따위는 의외로 신경 쓰고 있지 않을지도 모른다.

아, 이렇게 생각하는 게 좀 성격이 나쁜 건가.

모든 이들에게 보내는 응원

마돈나 루이스 베로니카 치코네와 비욘세 지젤 놀스카터. 이 위대한 팝아티스트들과 동시대에 살고 있다는 것이 진심으로 감사하다. 누구에게? 나는 종교가 없으니 '대지에게'라고 해두자.

나는 그녀들로부터 내일을 살아갈 힘을 얻고 있다.

2018년, 비욘세는 아메리카 유수의 야외 라이브 '코첼라 페스티벌'에서 아프리카계 미국인 여성으로서 처음으로 엔딩을 장식하는 가수가 되었다. 역사에 남을, 정신을 일깨우는 라이브는 넷플릭스 오리지널 영화 〈비욘세의 홈커밍〉으로 볼 수 있다. 너무 멋져서 3일 연속으로 반복해서 보는 바람에 P씨는 질려 있기는 하다.

공연 당일에도 유튜브에서 생방송을 봤는데, 시간이 지났어도 비욘세 퍼포먼스에는 영혼이 계속 흔들린다. 어느 장면을 보더라도 비욘세의 일거수일투족, 스테이지 연출의 모든 것에 고무된다. 영상의 모든 것에 의미가 있다.

〈비욘세의 홈커밍〉은 현대를 살아가는 여자들에게 가장 중요한 콘텐츠라고 자신 있게 말할 수 있다. 몇 번을 봤지만 울지 않은 적이 없다. 아무리 녹초가 된 밤이라도 이것을 보면 "내가 질 수야 없지"라며 기운을 내게 된다.

팝뮤직은 얼마든지 사랑받아 마땅하다. 다만 코카서스인종, 즉 백인이 지배층인 미국 대중문화에서 마이너리티인 인종의 문화적 표현은 약간 트렌드에서 벗어나 있다. 권력을 쥔 메이저리티가 받아들이기 쉬운 연출이나 작품일수록 인기를 얻어 팔리는 것이다. 있는 그대로의 자신을 내보이는 것이 '리스크'인 것은 시정의 인간에게만 국한된 일이 아니다.

그러나 비욘세는 무대에서 일관되게 아프리카계 미국인 문화를 찬양하고 그 멋짐을 온 세상에 똑똑히 보여주었다. 리스크를 감수하고 그 이상의 감동을 주는 데 성공했다. 누군가의 마음에 들기 위한 웃는 얼굴은 전혀 없다. 똑바로 메시지를 전하려고 하는 기백에 찬 표정에 온 세계가 압도되었다.

약동감 넘치는 연주는 100명 이상이 편성된 마칭밴드에 의한 것이다. 의상의 가슴 쪽에서 빛나는 오리지널 엠블럼과 함께 홈커밍이라는 주제는 미국의 역사적 흑인대학Historically Black Colleges and Universities(HBCU)의 문화를 상징한다. 즉 백인과는 친분이 얕다. 비욘세는 누구의 힘도 빌리지 않는다.

오랫동안 미국에서는 아프리카계가 매우 차별받고 있다. 최근 수년간은 'Black Lives Matter'라는 슬로건을 내건 시민운동이 활발한데, '흑인의 목숨도 소중하다'라니 이건 당연한 일이 아닌가. 하지만 당연한 것을 굳이 말로 해야 할 만큼 그들의 생활은 가혹하다.

비욘세는 진심으로 이 현상을 바꾸려고 한다. '주변화'된 사람들, 특히 여성이 용기를 내고 자신의 가치에 믿음을 갖게 하며, 사회적 지위를 향상하기 위해 여성의 자립을 노래하고 사기를 높여준다.

라이브에는 여러 장면에 토니 모리슨, 니나 시몬, 맬컴 엑스, 앨리스 워커라는 아프리카계 미국인 작가, 활동가, 가수의 시사하는 바가 많은 말들이 담겨 있다. 모두 아프리카계 미국인 여성을 향한 메시지인데 극동에 있는 우리에게 말하는 것 같았다.

팝뮤직의 존재 의의를 다시 한번 묻는다. 일상을 가사와 멜

로디로 채색하고, 듣는 사람의 기쁨을 몇 배로 늘리며, 분노나 슬픔을 위로한다. 그것이 팝뮤직의 근간이라고 흔히 생각한다. 그러나 그것만이 아니다. 주변화된 사람들을 힘껏 긍정하고 자존감을 불러일으키는 것이 가장 중요한 역할이라고 나는 생각한다. 비욘세는 그것을 해냈다.

과거에도 나는 같은 감동을 맛본 적이 있다. 팝스타 마돈나가 1993년의 투어 '걸리쇼The Girlie Show'에서 비욘세와 마찬가지로 주변화된 사람들을 찬양하는 라이브를 했던 것이다. 처음 봤을 당시에는 제대로 음미하지 못했다. 하지만 수년 후에 다시 보고 손발 끝이 저릿저릿할 정도로 충격을 받았다. 라이브 공연에 정신이 일깨워지는 경험을 처음으로 한 것이 마돈나의 걸리쇼였다. 마돈나는 이때 에이즈 환자나 동성애자의 대변인이 되었다. 걸리쇼는 현재도 DVD로 볼 수 있다.

나는 아시아인이고 여자이고 이성애자이지만, 진심으로 '마돈나와 비욘세는 나를 응원해주고 있다'는 생각이 든다. 여자가 놓인 입장은 대양의 동쪽인지 서쪽인지를 묻지 않는다.

4장

우리 삶에는 이야기가 넘쳐난다

순진한, 남자들의 다이어트

내가 처음 시도한 다이어트는 '스즈키 다이어트'였다. 탄수화물은 잘 먹으면서 지방을 철저하게 줄이는 방법이었던 것 같다. 생고기에 뜨거운 물을 끼얹어 기름기를 제거하라고 했지만, 가족과 함께 사는 10대에게 그것은 어려운 일인지라 눈 깜짝할 사이에 좌절되었다.

그 이후에도 새로운 다이어트 방법은 우후죽순처럼 계속해서 나타났다. '원푸드 다이어트' '덴마크 다이어트' '차를 잔뜩 마시는 다이어트' 등등. 운동 계열의 트렌드까지 포함하면 그 수를 다 헤아릴 수가 없다.

수많은 다이어트 방법이 나타났다가 사라지곤 하는 것은 마르고 싶은 사람이 계속 생겨서가 아니다. 일시적으로는 성공하지만 원래대로 돌아가는 사람이 많기 때문일 것이다. 물론 나도 그런 사람 중 하나다. 그동안 줄인 킬로그램 수를 더한다면 성인 여자 한 명 무게는 족히 될 것이다. 하지만 되돌아온 살까지 합하면 성인 여자 두 명이란 사실.

다이어트를 여러 번 하면 살을 빼기 어려워진다. 그렇다는 것은 알고 있지만, 다시 살이 찌니 어쩔 수 없이 다이어트를 한다. 다이어트에 블랙리스트 같은 것이 있다면 나는 틀림없이 상위권에 랭크되었을 것이다.

한편 마흔을 지나니 이번에는 남자들이 다이어트에 흥미를 갖기 시작했다. 계기는 "거울에 비친 자신의 현저한 체형 변화를 깨닫게 되었다"든가 "건강검진에서 병들기 일보 직전이라고 진단받았다" 둘 중 하나다. 젊었을 때처럼 먹으면 살이 찐다는 것이, 나에게는 당연한 일이지만 그들에게는 아닌 밤중에 홍두깨 격인가 보다.

주위의 40대 남자들이 빠져 있는 다이어트는, 탄수화물 제한으로 정해져 있다. 인간의 체중이 줄어드는 구조는 몇백만 년 전부터 달라지지 않았으니, 요컨대 섭취 칼로리보다 소비 칼로리가 많으면 살이 빠진다. 그런데 이번에는 탄수화물을 가능한

한 피하고, 지방과 단백질을 충분히 섭취하는 '저탄고지 다이어트'가 각광받고 있다. 스즈키 다이어트의 창시자 스즈키 소노코 씨가 살아 계셨다면 깜짝 놀라 의자에서 굴러떨어졌을지도 모른다.

탄수화물 제한의 효과는 피하지방이 많은 여성보다 내장지방이 많은 남성이 빨리 느끼게 되는 것 같다. 사실, 주변의 남자들은 분할 정도로 호리호리하게 야위어간다. 흠뻑 뒤집어쓰듯이 맥주를 마시고 마무리로 라면을 후루룩 먹던 생활을 딱 멈추고, SNS에 건강한 음식 사진과 체중의 추이를 의기양양하게 업로드한다.

다이어트만큼 간단하게 성취감을 얻어 자기를 긍정할 수 있는 시스템도 없으므로 붕 뜰 수밖에 없다. 잠깐의 성공에 취하는 것을 누가 말리겠는가.

운동에 눈뜨는 사람도 있다. 달리기 위해서 전용 스니커즈나 애플워치를 산다. 아침저녁으로 달리며 러닝하이가 되어 이것 또한 SNS에 전시한다. 달린다는 건 기분이 좋아요, 하고 추천하는 사람도 있다.

그들을 보고 있으면 아무래도 순진하다고 할 수밖에. 다이어트를 그만두는 순간 다시 스멀스멀 체중이 원래대로 돌아간다는 것을, 초심자인 그들은 아직 모른다. 요요가 올 때마다 자신을 믿을 수 없게 된다는 것을 알 리가 없다. 갑자기 달리기 시작하면 무릎에 데미지가 온다는 것도 모른다. 그들은 정말로 아무것도 모르는 것이다.

……라고 독설을 퍼부으면서 나도 조용히 탄수화물을 줄이기 시작했지만, 아직 효과를 느끼지 못하고 있다. 이런 식의 실망도 익숙하다.

남자의 다이어트. 중년이 되어서도 마음 설레는 첫 체험이 남아 있다는 것은 부럽다. 우리에게도 뭔가 남아 있지 않을까?

권력을 가진다든가, 여자라는 이유만으로 혜택을 받는다, 라는 심오한 것이 아니라 더 가벼운 첫 체험이 분명 있지 않을까?

다이어트의 동기부여

내 주변 남자들이 다이어트를 시작하고 나서 1년이 되었다. 아니나 다를까, 라고 말하면 실례겠지만, 다수가 인생의 첫 요요현상에 어깨를 축 늘어뜨리고 있다. 나는 그들의 심경을 손바닥 보듯이 알 수 있다. 과거에 같은 길을 몇 번이나 걸었기 때문이다.

탄수화물에는 전혀 손을 대지 않던 남자 지인과 오랜만에 식사를 했는데, 이번에는 그가 솔선해서 볶음밥을 주문했다. 그래야지! "탄수화물 제한은 이제 관뒀어?" 하고 물으니 "좀 쉬는 중"이라고 한다. 그 기분, 잘 알지. 하지만 진정한 다이어트에 휴식이란 없는 거다. 그래도 괜찮잖아?

나는 풍채가 좋은 남성이 좋다. 동년배라면 더욱 좀 살이 붙은 쪽이 안심된다. 몸의 선이 약간 무너져 있는 쪽이 섹시하게도 보인다. 나도 이제야 마르고 싶은 여자들의 갈망을 은근히 안타까워하는 남자들의 기분을 알게 되었다. 뭐, 그들에게는 아무래도 좋을 이야기겠지만 말이다.

무엇을 먹었는가, 어떻게 체중이 변했는가. SNS에서 감량의 성과를 하나하나 보여주던 다이어트 초심자 중년남성들은 모두 하나같이 들떠 있었다. 명백하게 '다이어트하이'였다. 이것은 내가 맘대로 지어낸 말로, 주로 다이어트 초기에 보이는 현상을 가리킨다. 연애 초기의 그것과도 닮았다.

위세 좋게 스타트를 끊어 예정대로 체중이 줄기 시작하면 이대로 모든 것이 순조롭게 나아갈 거라고 생각하게 된다. 나날이 줄어가는 체중계의 숫자가 자랑스럽고, 자신감이 넘쳐흐른다. 그것은 멋진 일이지만, 곁에 있는 사람으로서는 다이어터 특유의 조증 상태가 약간 숨 막히기도 한다. 적극적인 것은 좋지만, 때로는 근심이나 수치심을 가져올 수도 있다. 그것이 남자의 매력이기도 하겠지만.

한편으로 마른 몸을 유지하는 수완가들도 있다. 그들의 공통점은 근력운동을 계속한다는 것이다. 근육이 늘어나면, 식사가 다소 늘어나는 정도로 몸이 원래대로 돌아가지는 않는 것 같다.

인기가 없는 것을 속상해하던 남자의 늠름해진 두 팔을 보고 조금은 인기가 생겼으려나 생각했더니, 의외로 근력운동에 빠져 인기 따위는 상관없어진 것 같다. 무엇이 사람에게 행복을 가져다주는가는 그때그때 달라지는 모양이다.

진정한 다이어트는 식사 내용을 일시적으로 바꾸는 것도 양을 줄이는 것도 아니다. 식생활을 영속적으로 바꾸는 것이다. 음, 10년 전부터 식자들이 입에서 신물이 나도록 말하고 있다. 하지만 그것이 어렵다. 적어도 나한테는 무리다.

유산소운동, 근력운동, 균형 잡힌 식사를 유지해야 한다. 감량에 꼼수는 없다. 어디까지나 소박한 작업이다. 무언가와 닮았다고 생각했더니 바로 수험공부였다. 나는 고등학교도 대학교도 1지망 학교에 떨어졌기 때문에, 확고한 신념을 가지고 열심히 하는 게 서툰 사람이라고 할 수 있겠다.

나의 체중은 최근 1년 새 전혀 변화가 없다. 반년 전부터 개인트레이닝을 시작해 체형은 약간 변했지만 역시 식생활을 바꾸지 않으니 체중은 줄지 않았다.

그렇더라도 당연하다고 여기며 묵묵하게 감당하는 것은 힘든 일이다. '갑작스러운 큰 변화'라는 보상이 없으면 동기부여도 어려운 것이 본심이다. 내가 계속할 수 있는 것은 '즐거운 일'뿐이다.

어떻게든 '즐겁다'와 '몸에 유의미하다'를 등호로 연결 짓고 싶다. 외모도 신경 쓰이지만, 이 나이쯤 되면 생활습관병이 더 걱정되기 마련이다.

갖고 싶은 것은 가느다란 다리보다 튼튼한 위장과 10년 전의 체력이라고나 할까. 다이어트의 목적이 변하고 나서가 인생의 본편일지도 모른다.

빙글빙글 돌아가던 소용돌이가 그립다

버튼을 누르니 삐이이이 하고 크고 날카로운 소리가 나면서 세탁기가 멈췄다. 아아, 또 저질렀다.

1년 반 전, 세탁기를 새로 장만했다. 그전까지는 부모님집에서 가져온 것을 썼다. 엄마가 살아 계실 때부터 사용했으니 20년이 넘은 것이었다. 세탁기의 전면에는 '뉴로 퍼지Neuro Fuzzy' 라는 로고가 흐르는 듯이 새겨져 있었다.

뉴로 퍼지는 1990년대 가전 전반에 유행했던 테크놀로지다. 세탁물의 양이나 오염 정도를 자동으로 판단해주는 시스템이었다. 그 은혜를 입은 기억은 전혀 없지만, 내 맘대로 버튼을 누르면 시킨 대로 움직여주는 세탁기였다.

새로 장만한 세탁기는 그 정도가 아니라 더 까다롭다. 세탁물을 넣고 시작 버튼을 누르면 옷의 양을 재어 물의 양과 세제량을 정해준다. 여기까지는 괜찮다.

나는 기계의 지시대로 세제를 넣는다. 다음에 뚜껑을 덮는다. 그러면 세탁기는 잠시 숙고에 들어간다. 드디어 천천히 천천히 움직이기 시작한다. 정말로 처어언처어언히.

안이 어떻게 되어가는지 보고 싶어도 뚜껑에 잠금이 제대로 걸려 있어서 열 수가 없다. 행주 한 장 더 넣는 것을 까먹어 휙 던져 넣고 싶어도 이미 때를 놓쳐버린 후다.

도중에 세탁물을 추가하고 싶은 경우에는 일시정지 버튼을 누르고, 잠금 해제를 기다려야만 한다. 기계의 허가가 필요한 것이다. 게다가 잠금 해제에 시간이 걸린다. 탁 멈추고 확 연다, 가 불가능하다.

매우 살벌하다고 해야 하나, 뭐라고 해야 하나. 마치 세탁물을 인질로 잡힌 듯한 기분이다. 세탁기님께서 납득할 만한 세탁을 끝낼 때까지 우리는 오염물이 떨어져 나가는 모습을 볼 수 없다. 마치 은혜 갚은 학 같다(일본의 옛이야기. 할아버지가 덫에 걸린 학을 도와주자 그 학이 인간 여성으로 모습을 바꿔 할아버지와 할머니 부부의 딸이 되어 은혜를 갚는다는 이야기. 학은 자신의 깃털

로 직물을 짠다는 것을 숨기기 위해 직물을 짜는 방을 절대 들여다보지 못하게 한다.〕

샤워하듯 위에서 물을 떨어뜨리며 헹군다는데, 내가 그 샤워를 볼 일은 평생 없는 것이다. 아니, 글쎄 잠금이 걸려 있다니까.

고난은 그뿐만이 아니다. 일시정지 버튼은 시작 버튼과는 다른 위치에 있고, 시작 버튼은 종료 버튼 기능도 겸한다. 즉 일시정지를 시킬 생각으로 시작 버튼을 누르면 세탁 중이었든 헹구는 중이었든 세탁이 모두 끝나버리는 것이다. 이것이 앞서 나온 "아아, 또 저질렀어"로 이어진다. 정신을 놓고 있으면 몇 번이나 반복하게 되어버린다. 이것은 내가 문제가 아니라 디자인이 나쁘기 때문이다. 아니, 카세트레코더의 플레이 버튼과 일시정지 버튼은 같은 곳에 있었잖아요. 맘대로 룰을 바꾸지 말아주시죠.

투덜투덜대면서 잠금 해제를 기다렸다가 허가가 내려지고 나서 세탁기 뚜껑을 열어 안을 들여다본다. 요즘 세제는 옛날처럼 성대한 거품을 일으키지 않는 까닭에, 수조 안을 가만히 들여다보아도 한창 세탁하던 중이었는지, 막 헹구기 시작한 참이었는지를 알 수가 없다. 뭐야. 왜 나를 시험하는 거야.

나는 세탁기의 노예이면서 명탐정이기도 하므로 이럴 때는 섬유유연제를 넣는 작은 상자를 연다. 그러면 속이 비어 있다,

라는 것은 헹구는 중이었겠군. 세탁기의 스위치를 다시 헹굼과 탈수로 설정한다.

이쯤에서 큰 한숨이 나온다. 휴우.

이까짓 세탁에 왜 이렇게 머리를 써야만 하는가. 나 같은 가사 능력이 현저히 떨어지는 인간이 머리를 쓰지 않고 깔끔하고 시원하게 세탁하기 위한 가전 테크놀로지가 아닌가 말이다.

내가 어렸을 때, 세탁기는 2조식이었다. 뚜껑을 닫지 않아도 세탁기는 돌아가므로 잔뜩 부푼 거품을 보는 것만으로 충분히 즐길 수 있었다. 더러움이 떨어져 나가는 모습이 눈에 보이는 것 같았다. 세탁 정도가 마음에 들지 않으면 헹구기 전에 추가로 5분, 세탁기를 더 돌리기만 하면 되었다. 삑 하고 누르면 팍 하고 움직인다. 세탁기와 나는 호흡이 척척 맞았다.

요즘 세탁기가 모든 점에 있어서 우수하다는 것은 충분히 이해한다. 그렇지만 역시 나는 시키는 대로 움직여주던 세탁기와 눈앞에서 빙글빙글 돌아가던 그 소용돌이가 너무나 그립다.

세탁조 안쪽에 곰팡이가 생기지 않을까 하는 걱정 따위 없이 세탁을 끝내던 시대가 분명 있었으니까.

모든 단어가 그것, 아니면 저것

최근 매우 자주 흘러나오는 TV 광고를 보면서 "이건 내가 쓸 물건이 아니네"라고 대수롭지 않게 여기고 있었다. 더 젊은 세대가 놀이에 사용하든가, 한참 윗세대가 생활 보조를 위해 사용하는 것이라고 생각했다. 소리에 반응해서 전원을 켜거나 끄고, 날씨나 뉴스를 음성으로 안내하는 서비스가 내게 필요할 리가 없다. 아 글쎄 소리를 낸다는 게 귀찮거든.

정식으로는 인텔리전트 퍼스널 어시스턴트라고 하는 것 같다. 인공지능 개인비서, 흔히 말하는 'OK구글'이라든가 '알렉사' 같은 것들이다. 요는 새로운 가전제품이라는 거다.

스마트폰에도 같은 기능이 탑재되어 있지만 나는 거의 사용한 적이 없다. 무생물에게 말을 거는 것이 부끄럽고, 무엇보다 마음이 내키지 않는다고. 알고 싶은 것은 문자로 검색한다.

어느 날 같은 세대의 지인이 그걸 애용하고 있다는 것을 SNS에 올린 글로 알았다. 다음 날 이번에는 업무 동료 중에도 애용자가 있다는 것을 알았다. 그 밖에도 "구글머시긴가 샀어" 하는 지인이 나타나자, 어쩌면 이것이 남일이 아닐지도 모른다 싶어 마음이 조급해졌다. 그런데, 모두 뭣 때문에?

말하자면 이 가전은 양손에 여유가 없을 때 편리하다고 한다. 육아 중인 사람이나 아파서 누워 있는 사람에게는 확실히 도움이 될 것이다. 하지만 나는 그 어느 쪽도 아니다.

도대체가 소리를 내어 지시를 내리지 않으면 움직이지 않는다는 게 나로서는 지옥이다. 왜냐하면 나는 예전부터 소리를 내어 지시하는 데 지독히 서툰 사람인 것이다. 어시스턴트를 두고 일을 하던 때, 당황하는 어시스턴트들의 얼굴을 보고 확실히 자각했다.

과거의 어시스턴트가 말하기를, 나의 지시는 "저거하고 그거, 저 사람한테 전달해줘"라고, 초조하면 초조할수록 말이 대부분 지시대명사로 구성되는 것 같다고 했다. 급한 건 알겠는데 뭘 하면 좋을지 짐작이 되지 않다고.

모르는 것을 인터넷에서 검색할 때, 내가 지시대명사를 연발하는 일은 없다. 검색창에 '저것 같은 그것'이라고 입력할 만큼 고물은 아니다.

생각을 서술할 때도 사고를 정리한 다음 말하는 것은 걱정이 안 된다. 메일이나 편지도 문제없다. 소리를 내어 사람에게 부탁할 때만 지시대명사들이 입에서 쏟아져 나와버린다.

순간적으로 소리 내어 지시를 내리는 데는 그 나름의 재능이 필요하다. 그리고 나에게는 그것이 없다. 하루하루를 산다는 건 누군가에게 도움을 받는 것이나 다름없기 때문에, 나는 거의 매일, 말을 잘 전달할 수 없는 나 자신에게 괴로워하고 있다.

인텔리전트 퍼스널 어시스턴트라는 것이 아무리 높은 지성을 갖추고 있다고 해도 "저거 멈춰줘" "그거 켜"로는 작동하지 않겠지. "다시 한번 말씀해주세요" "'저거'가 무엇인가요?"라고 명료한 발성으로 되물으면 짜증 낼 내 모습이 눈에 선하다. 기계 어시스턴트는 인간보다 은근히 무례함에 틀림없다.

어린 시절을 생각해보면, 가장 오랜 기억에 있는 가전의 진화는 '버튼 하나로 간단히'였다. 지시 내용은 버튼마다 정해져 있고, 그것을 언제 할지 정하는 것이 버튼을 누르는 인간의 역할이었다. 얼마 지나지 않아 버튼은 증식하고, 조작은 점점 더 복잡해졌다. 이어서 IT가 탄생하고, 문자 입력에 따른 복잡한 지시가 가능해졌다. 이것으로 진화는 끝났다고 생각했다. 그런데 다음은 소리로 지시를 내리는 시대가 찾아왔다. 시대가 거꾸로 가는 거 아닌가?

해주었으면 하는 것을 일일이 전달하는 문장으로 구사해 소리를 낸다. 이것을 진화라고 해야 할까. 이건 뭐 위기의 황혼 부부에게 권하는 원만한 대화법도 아니고 말이다.

"전기, 아니, 아니야, 그쪽 아니고 저쪽, 으음 거실의, 그래, 켜!" 하고 갈팡질팡하기 전에 벽에 있는 스위치를 누르면 될 것 아닌가.

그럼에도 결국, 인텔리전트 퍼스널 어시스턴트는 선물로 우리 집에 찾아왔다. 선물이니 쓰지 않을 수가 없다.

잘 사용하고 있냐고? 매일 아침, 날씨와 기온을 묻는 소중한 보물이다.

지갑은 나의 분신

오래 사용하던 지갑이 꾀죄죄해졌다. 벌어진 틈새나 찢어진 부분이 눈에 띄고, 지퍼에 붙어 있던 액세서리도 떨어져버렸다. 전체적으로 초라하다. 마치 휴일의 나 같다.

나 자신을 다시 만드는 것은 쉬운 일이 아니지만, 지갑이라면 바로 가능하다. 매장으로 사러 갈 시간이 없어서, 일하는 짬짬이 온라인 숍을 살펴본다. 진찰권, 은행카드, 그 밖의 회원권 등 카드가 많이 들어가는 장지갑을 원한다.

그렇지만 카드가 많이 들어가면 들어갈수록 좋다, 는 것도 아니다. 그런 지갑은 두꺼워지는 만큼 무겁기도 하고 보기에도 안 좋다.

시험 삼아, 사용 중인 지갑에 들어 있는 카드 수를 세어보니, 각종 진찰권, 보험증서, 마사지숍 회원권, 편의점이나 슈퍼나 백화점의 포인트카드 등 모두 30장 이상이었다. 이러니 터지고 찢어지지. 다음에는 더 작고 카드 수납공간이 적은 지갑으로 사야겠군.

문제는 지갑의 가격이다. 돈을 수납하는 지갑에 얼마를 쓰는 것이 타당한가, 나는 아직도 모르겠다. 오래 사용해야 5년이라는 것을 경험상 알고 있으므로, 그사이에 마음에 부담 없이 감가상각할 수 있는 가격이 바람직하다. 지금 사용하고 있는 것은 20만 원 정도였기 때문에 감사한 기분과 함께 서슴없이 은퇴시킬 수 있다.

사실은 오래 사용하는 동안에 그 맛이 살아나는, 조금 비싸고 심플한 가죽 지갑을 가지고 싶다. 하지만 남자들 것과는 다르게 여성용 지갑에는 그런 것이 잘 보이지 않는다. 가격이 적당해서 괜찮구나, 하고 생각한 것에는 반드시 다이아몬드나 고양이나 하트를 모티브로 한 장식이 붙어있다. 핸드백이나 액세서리 같은 패션 아이템의 하나로 보는 것이겠지.

그렇다면 차라리 축제처럼 화려한 것이 좋겠는데, 그런 것은 츠모리치사토밖에 없다. 그 츠모리가 브랜드 사업을 종료한다고 하니(나중에 수주 생산방식으로 계속하게 되었다는 보도가 있음), 방도가 없다.

지갑은 주인을 잘 나타낸다. 보수적인 패션을 한 여성이 열 때마다 찍찍 소리가 나는 벨크로 지갑을 사용하는 것은 본 적이 없다. 마초맨이 연분홍색 화사한 지갑을 가지고 있는 것도 본 적이 없다. 지갑은 주인의 분신 같은 것이다. 나는 오랫동안 그 분신에 비싼 값을 매기지 못하고 있다.

지난번 계산할 때 친구가 가방에서 아주 멋진 지갑을 꺼냈다. 차분한 짙은 갈색으로 가늘게 자른 가죽을 엮어 기하학무늬를 표현하고 있었다. 어떻게 이런 것을 찾은 거야!

어디 건지 물어보니 아무개 브랜드의 지갑이라는데 가격이 무려 60만 원이나 한다고 했다. 우와우와. 나의 관심은 거기에서 끝나버렸다. 나는 지갑에 들어 있는 지폐의 합계보다 비싼 금액의 지갑은 살 수 없다.

고민고민 끝에 꼼데가르송 지갑을 샀다. 나로서는 애썼다고 생각한다. 가르송이라고 해도 서브 라인인 트리코이기는 하다. 트리코 지갑은 꼼데가르송 메인 라인과 똑같은 기본 디자인임에도 가격이 훨씬 합리적이라는 것을 발견한 것이다.

잘 샀다고 생각해서 멋쟁이 선배에게 자랑했더니, "트리코를

선택했다는 게 너답다"라며 미소 지었다. 미소의 진의는 멋쟁이
가 될 수 없는 나로서는 평생 알 수 없다.

'아무것도 하지 않는 사치'에 안절부절

휴일이 무엇 때문에 존재하는가 하면 그것은 휴식을 위해서다. 당연하다. 그러나 어떻게 휴식을 취하는지는 사람 나름이라 저마다 다르다.

쉬어야만 하는 것은 한 가지가 아니다. 정신과 육체 둘 다다. 이것을 한꺼번에 만족시키기는 어렵다. 심신 모두 기진맥진한데다 잠도 부족한 채로 올 스탠딩 라이브 공연을 보러 가면, 스트레스는 해소할 수 있지만 신체의 피로는 풀 수 없다. 체력의 회복을 우선으로 해서 집에서 가만히 있으면, 신체는 쉬고 있지만 기분전환은 어렵다.

휴식에는 집중력도 필요하다. 등산이나 뜨개질 등 스위치를 딸깍 켜듯이 기분을 바꿀 수 있는 취미가 있으면, 평소에 겪는 싫은 일들을 잠시 잊을 수 있다고 사람들은 말한다. 나도 그렇게 말하고 싶긴 한데, 나에게는 그 스위치를 누를 마음이 도통 생기지 않는다.

누군가를 만나 안정을 취할 수도 있겠지만, 혼자 있는 것이 마음을 이완시킬 때도 있다. 덧붙여 정신과 육체 쌍방을 만족시킬 휴식 방법은 그날의 상태에 따라서도 다르다. 정해진 것은 없는 것이다. 따라서 피로 정도를 잘 관찰해서 휴식의 종류를 선택할 필요가 있다.

간단히 정리하자면, 휴식은 휴식 나름대로 귀찮은 점이 있다는 것이다. 쉬는 날 뭘 해야 할지 생각하다 못해 머리가 더 피로해진 적은 없는가? 나에게는 자주 있다.

쉬는 법조차 모르는 나 자신이 싫기도 하지만, 이것에 대해 변명하자면, 대체로 세상이 나보다 먼저 쉬는 법을 생각해주니 안심이다. 이런 경우에는 '아무것도 하지 않는 사치'라는 말을 쓰기로 한다.

주말 이틀이 휴일이라면, 그중 하루는 말 그대로 아무것도 하지 않는다. 초등학생 시절부터 지구력이 없다는 말을 들은 나지만, 휴일에 아무것도 하지 않는 상태를 지속하는 것만큼은 자신 있다.

아무것도 하지 않는 휴일은 온종일 파자마 차림으로 지내고, 제대로 된 식사도 하지 않는다. 주변에 있는 것을 집어서 침대로 돌아간다. 저녁 5시 정도가 되면 후회가 덮치는 경우도 있지만 그래도 적응되었다.

나태한 휴일에 꽤 익숙해진 편이지만, 최근 1년은 점심 무렵이 되면 불안불안해졌다. 뭔가 하지 않으면 아까운 거 아닌가 하고 초조해졌다. 이런 경우는 이제까지 없었다. 지구력의 위기다. 원인을 파헤쳐야만 한다!

우선 평일에 규칙적인 생활을 하게 되어서 그런지 늦잠을 잘 수 없게 되었다. 휴일이라도 오전 8시에는 눈이 떠지고, 느릿느릿 일어나 수분을 섭취, 소파에 앉아 밖을 바라본다. 빨리 일어나는 것은 생활습관의 변화 때문만이 아니라 나이가 들어가기 때문이기도 할 것이다. 일어나긴 했지만, 전날 늦게 잠들었던 탓에 아직 졸리다.

9시가 넘으면 집 주위가 서서히 떠들썩해진다. 레저시설 앞에 세워진 이 아파트로 이사한 지 1년 반쯤 되었다. 오픈이 9시 반이기 때문에 9시가 될 무렵부터 하나둘씩 사람이 모여들기 시작한다.

파자마 차림에 반쯤 떠진 눈으로 이어지는 가족 동반 행렬을 창문으로 바라본다. 이 얼마나 존경스러운 사람들인가. 휴일 9시에 여기에 있는 그들은 7시에는 잠자리에서 나와 외출 준비를 하고 아침식사를 하고 집을 나섰을 것이다. 그렇다면 전날 밤 12시 전에는 취침했을 텐데. 더더욱 존경스럽다.

그렇다면 나도 샤워를 하고 산책이라도 하러 나가면 좋을 텐데, 나는 항상 그대로 점심을 맞이한다. 이렇게 흘려보내는 시간을 아까워하며, 하고 싶어서라기보다 뭘 했다는 변명거리로 세탁기를 한 번 돌린다. 세탁기를 돌렸으니 세탁물을 말려야 할 차례다.

그 시점에서 확 깨닫는다. 나는 휴식에도 생산성을 요구하고 있구나, 하고.

휴일은 합리성이나 생산성을 추구하는 평일로부터의 해방이고, 그것이 휴식의 모습이어야 한다. 채우는 것만이 미덕이 아니다. 휴일의 질을 생산량에서 구하면 안 되는 것이다. 역시 아무것도 하지 않는 것이 제일이다. 아침 일찍 눈이 떠졌다면, 아무것도 하지 않는 시간이 그만큼 늘어나는 것을 기뻐하면 될 일이다.

창문으로 바라보는 전망이 맘에 들어서 당분간 이사는 생각하지 않고 있다. 휴일을 활기차게 보내는 사람들만 시야에서 사라지게 하는 기술은 없으니, 얇은 커튼이라도 쳐놓을까?

낭비와 사치, 절약의 딜레마

나는 절약도 사치도 좋아하지 않는다. 이렇게 쓰니 왠지 생활에 일가견이 있는 사람 같지만, 낭비는 아주 좋아해서 오히려 전문분야에 해당한다.

낭비는 좋아하지만, 사치품에 낭비할 수는 없다. 이유는 명쾌하다. 고급 물건은 신중히 다루어야만 하기 때문이다. 그만큼의 대우가 뒤따른다. 의류라면 드라이클리닝이 필요하고, 식기라면 식기세척기에 넣을 수가 없다. 귀금속 장신구는 잃어버릴까 봐 착용할 수가 없고, 가구는 흠집이 나면 어쩌나 싶어 벌벌 떨게 된다. 완전 즐겁지 않다.

한편 고만고만한 가격의 물건은 대범한 마음으로 쓸 수 있다. 욕망이 시키는 대로 비슷한 것을 몇 개나 사도 대단한 지출이 되지 않는다. 낭비하기에 적합하다.

나는 쇼핑에 머리를 쓰고 싶지 않기 때문이라고 생각한다. 쇼핑 중에 가지고 있는 것과의 궁합을 생각하거나 예산을 조절하려고 하면 금세 머리가 아파진다. 돈을 현명하게 쓰는 사람이 현명하게 보이겠지만, 모든 소비가 그렇게 논리적인 것은 아니다. 시시한 것에 과감하게 저지를 때 느낄 수 있는 흥분도 있는 것이다. 그러므로 이래도 괜찮은 거다.

그런 식으로 생활했더니, P씨가 "업무 도구에는 아낌없이 돈을 쓰는 게 좋지 않겠어?"라고 했다. 그걸로 돈을 버는 거니까, 사용하기 편한지와 마감의 질을 최우선시해야 해, 라고. 그렇지, 날이 무딘 대패를 사용하는 목공은 확실히 없겠지. 지극히 이해할 만한 이야기다.

좋았어, 나도 전문 도구에는 호기롭게 돈을 써보자. 그렇게 마음먹고 업무용으로 최신 노트북을 구입했다. 하지만 멋들어진 키보드를 치기 어려워서 헤맸다. 바로 어깨가 결리고, 결국 두통이 찾아왔다. 고사양치고는 자주 멈추기까지 하니, 좋은 게 하나 없다.

한편, 이 원고를 쓰고 있는 집에서 사용하는 노트북은 델 제품으로 중고 전문점에서 인도인에게서 샀다. 얼추 10만 원 정도였다. 오래 사용해서 충전 배터리가 맛이 갔지만, 워드로 원고를 쓰고 인터넷으로 무언가를 검색하는 정도는 아무런 문제도 없다. 이러면 괜찮지 않은가?

이런 내게도 거금을 들여서 산 물건이 있다. 안마의자다. 앉아서 하는 일인지라 늘 어깨가 뭉치므로, 넓은 의미의 작업 도구인 셈이다. 집 월세보다 비싼 가격에 계속 고민했지만, 필요할 때 원하는 만큼 몸을 주물러주는 기쁨은 무엇과도 바꿀 수 없다. 이것은 굉장히 성공적인 쇼핑이었다. 안마의자 덕분에 지금까지 물건에 지불한 금액의 최고치가 경신되었다. 나도 한다면 하거든.

며칠 전, 배터리를 사러 가전 판매점에 발을 들였는데 여러 종류의 안마의자가 놓여 있는 구역이 눈에 들어왔다. 이전에 취재차 체험한 적은 있지만 제대로 맛볼 수는 없었으므로, 다시 앉아보았다.

아니 이런, 가장 놀라운 것은 우리 집에 있는 기종의 최신형이었다. 마치 사람의 손처럼 내 어깨를, 허리를, 장딴지를 세게 주물러주고, 발바닥을 빙글빙글 공격해왔다. “뭐, 기계니까”라며 포기하고 있던 우리 집의 그것이 안고 있는 몇 가지 문제를 모두 해결했다. 이렇게나 진화한 건가, 파나소닉!

이러면 곤란하다. 지금 바로 다시 사고 싶다. 서둘러 가격표를 보니 거기에는 집 월세 두 배의 가격이 붙어 있다. 댕 하고 머릿속에서 종소리가 울려서 나는 가격표를 슬며시 뒤집었다. 나무아미타불.

작업 도구는 호기롭게. 그렇게 정하기는 했지만, 안마의자는 사치품의 범주에 들어간다. 그것도 역대급 사치품이다. 앉을 때마다 매번 긴장할 것 같다. 망가지면 울어버릴지도 몰라. 도대체 몇 번을 사용해야 본전을 뽑으려나?

아, 나는 지금, 머리를 써가며 쇼핑을 하려 하고 있다. 이것은 즐겁지 않다는 사인이다. 더 많이 벌게 되면 그때 호기롭게 사자. 그때까지는 구형이랑 함께 힘내보련다. 그렇게 마음을 정하고 나는 가게를 뒤로했다. 돌아오는 길에 스마트폰으로 집에 있는 안마의자의 보상판매 가격을 살펴본 것은 솔직하게 밝혀둔다.

낭비 전문가

피로가 쌓이면, 남들의 눈에는 어리석게 보이는 일을 공연히 하고 싶어진다.

이번에는 혼자서 바보짓을 하기로 했다. 일에 치여서 몸과 마음이 모두 너덜너덜해졌기 때문이다. 누군가와 함께 있는 것조차 귀찮았다.

뭘 하면 좋을까? 지금의 나는 치유받고 싶은 것이 아니라 발산하고 싶다.

혼자 노래방에서 소리를 질러볼까? 아니, 내일 업무에 영향을 미칠 거야.

배팅 연습장은? 야구 배트를 휘둘렀다가는 피로가 더 쌓일 것 같고, 유감스럽지만 이 주변에는 시설도 없다.

사치스러운 쇼핑? 오늘 내 모습이 너무도 초라하다.

걸으면서 생각을 이리저리 굴리던 중에, 머리 감고 나서 바르는, 헹구지 않아도 되는 트리트먼트가 떨어진 것이 생각났다. 기분을 전환하는 비일상을 창조하는 아이디어보다, 생활필수품의 결여를 먼저 떠올리는 나의 뇌를 원망했다.

마침 역 앞에 큰 드러그스토어가 있다. 가게에 들어가 점원에게 트리트먼트 제품이 있는지를 물으니, 수십 종류가 진열된 커다란 선반 앞으로 안내해주었다. 항상 쓰는 것을 찾아보지만, 보이지 않는다. 이렇게 많은 것 중에서 하나를 선택하기가 귀찮다고 생각하는 순간 퍼뜩 다른 생각이 떠올랐다. 좋아, 이번에는 이것으로 바보짓을 하자. 드러그스토어는 낭비하기에 딱 좋은 장소다.

만약 내가 여고생이었다면, 사용 후기나 잡지에서의 평판을 스마트폰으로 재빠르게 검색해서, 한정된 예산 안에서 베스트 상품을 선택했을 것이다. 하지만 나는 어엿한 40대이다. 감사하게도 여고생보다 넉넉한 예산을 확보할 수 있다.

선반 앞에 딱 버티고 서서, 한쪽 끝에서부터 상품을 집어 든다. 아르간오일 함유, 미용실 전용(그렇다면 왜 드러그스토어에 진열되어 있는 거냐?), 내추럴을 지향하는 논실리콘 타입 등, 모두 '나야말로 다시없는 매력을 가진 상품'이라고 어필하기에 여념이 없다.

상품을 돌려 성분표시를 보면, 어느 상품이나 큰 차이가 없다는 것을 알 수 있다. 뭘 바라든 간에, 실리콘이 성분의 상위에 표시되어 있으면 머리카락은 윤기가 나며 감촉이 좋아지고, 미네랄오일이든 아르간오일이든 유분이 많으면 차분하게 정돈된다. 천연성분은 어떨까? 모든 것에 끌리는 점이 있었기 때문에, 실리콘 함유, 아르간오일 함유, 논실리콘까지 세 종류를 바구니에 담았다.

이것으로 끝났다고 생각했다면 오산이다. 바보짓을 하는 어른을 멈추게 하면 곤란하다.

핑크색 화사한 용기에 담긴 젊은 층을 타깃으로 한 상품은 향기가 마음에 들었지만, 광택 효과를 너무 강조해서 부자연스럽게 반들거리는 머리카락은 나이 들어 약해진(다시 말해 생기가 없는) 피부와 언밸런스하다고, 그 방면의 책에서 읽은 기억이 있다. 그렇다면, 이건 관둘까?

아니, 관두지 않는다. 왜냐하면 바보짓을 하는 게 테마니까. 실패해도 상관없다며 나는 그것도 바구니에 넣었다.

본 적 없는 브랜드의 상품이나, 이름은 알고 있었지만 좀 비싸서 멀리했던 것도 넣는다. 전부 10만 원 정도 될 것이다. 다 쓰려면 족히 1년은 걸릴 것이다. 너무 어처구니없어서 두근두근했다.

평소의 나는 타인에게 바보라고 여겨지는 것을 아주 싫어한다. 조금이라도 현명한 선택을 할 수 있도록 긴장한 채 살아가고 있다. 진짜 모양 빠진다. 그런 것에 신경 쓰는 것이 훨씬 더 바보스럽다. 바보스럽지만 그만둘 수 없다는 것도 알고 있다. 그렇지만 지금만큼은 이대로 가자.

뇌의 스토퍼를 딱 젖혀놓고 낭비도 손해도 상관하지 않고 선택하는 행위는 나에게 상상 이상의 쾌감을 주었다. 이것도 저것도 전부 오케이다. 비교도 검토도 오늘만은 필요 없다. 우중충하던 기분이 조금씩 좋아지는 것이 확실히 느껴졌다.

내일부터 우리 집 세면대에는 헹굼이 필요 없는 여섯 종류의 트리트먼트가 진을 칠 것이다. 날씨나 머리카락 상태에 맞춰 이것저것 사용해볼 생각을 하니 아주 즐겁다. 머릿결도 좋아질 테니, 바보만세다.

공상 좀 하면 어때서

예전부터 공상에 빠지는 것을 좋아했다. 중학생 때는 아주 좋아하는 밴드를 길에서 우연히 마주친다면, 어떻게 자연스럽게 행동해야 팬이라는 것을 뻔뻔스럽지 않게 전달할 수 있을지를 생각하고 나서 잠자리에 드는 것이 루틴이었다.

항상 멤버 전원이 하라주쿠나 롯폰기를 걷고 있다는 설정이었다. 미국 밴드이므로 일본 방문 중이다. 내 머릿속에서라면 몇 번이라도 자유자재로 이곳을 방문시킬 수 있으니 최고다.

그들을 발견해도 나는 바로 달려들거나 하지 않는다. '잠복하고 기다리기'도 하지 않는다. 아주 자연스럽게 곁으로 다가가 가볍게 대화 한 후, "당신 혹시 그 밴드의 멤버?"라며 지금 막

알아차린 척을 한다. 그것도 가장 인기 있는 보컬도 기타도 아닌 베이스나 키보드에게 말을 건다. 그리고 아무렇지도 않게 앨범 수록곡을 칭찬한다. 유명한 싱글 곡으로는 너무 깊이가 없어 보여서 안 된다. 내가 생각해도 징글징글한 아이다.

상대는 미국인이므로 나는 영어로 말을 걸게 된다. 깜깜한 방 안, 이불 속에서 천장을 바라보면서 손짓발짓을 해가며 서툰 영어를 지껄이고 있으면 항상 졸음이 밀려왔다. 외동딸은 이렇게들 논다.

어른이 되어서도 나의 공상 버릇은 고쳐지지 않았다. 요 몇 년은 '길에서 좀비와 딱 마주치면 어떻게 대처할까'가 유일한 연구주제다. 나는 '딱'이 아주 좋다.

영화와 TV 드라마와 만화를 참고로, 이 각도에서 좀비가 나오면 어떻게 도망갈까 생각하면서 자전거 페달을 밟는다. 위험하다. 좀비보다 자동차나 보행자에게 주의해야 한다는 것은 잘 알고 있는데, 딱 튀어나올 좀비도 역시 신경 쓰인다. 내가 상상하는 좀비는 움직임이 둔하므로 세 놈까지라면 자전거로 어떻게든 도망갈 수 있다.

집 베란다로 좀비가 들어온다면 어느 가구를 바리케이드로 삼을지도 항상 염두에 두고 있다. 이케아 칼락스 시리즈의 뒷면

이 뚫린 선반유닛을 사용하려고 생각하고 있다.

좀비는 머리를 노리면 숨통을 끊을 수 있다고 정해져 있으니 창문 앞에 쌓은 칼락스로 머리부터 들이미는 좀비를 두더지잡기처럼 내리쳐 숨통을 끊을 생각이다. 하지만 숨통을 끊을 때의 처참한 모습은 보고 싶지 않으니 칼락스에 푹신한 시트를 걸어서…… 이제 이쯤에서 그만두는 게 좋을 것 같다. 왜냐하면 친구에게 이 이야기를 했더니, "요상한 것만 생각하고 있네, 불쌍하다……" 하고 측은해하는 표정으로 말했기 때문이다.

나는 라디오 프로에서 고민 상담 코너를 진행하고 있다. 그런데 외람되게도, 청취자의 상담도 상상을 불러일으키는 것이 많다. 공상 욕구가 가장 자극된 고민은 "가족들과 떨어져 혼자 지방근무지에 부임하고 나서는 카키피[카키노타네 스낵을 땅콩과 섞은 제품]의 피넛만 남게 된다"는 것이었다.

상담자는 카키피의 카키, 즉 과자를 즐겨 먹는다. 그러나 혼자 살기 시작하니 땅콩만 남는다는 것을 깨달았다. 지금까지는 가족 중 누군가가 땅콩을 먹어주었던 것이다. 생각지 못한 장면에서 가족의 부재를 인식하게 된 에피소드였다. 나까지 그리움에 젖었다. 그러다 정신을 차려보니 나는 이 에피소드에 점점 살을 붙이고 있었다.

공상은 질리는 일 없이 계속 이어갈 수 있다. 그러나 나에게는 이것을 이야기로 만들 힘이 없다. 에피소드의 나열뿐이라 이야기가 앞으로 나아가지 않는 것이다. 아무런 사건도 일어나지 않는다.

소설이나 드라마, 영화 등 세상에는 이야기가 넘쳐난다. 아무런 생각 없이 즐기고 싶지만, 이야기를 만들어내는 작가나 각본가는 이야기로 우리의 마음을 움직이려고 밤낮으로 머리를 싸매고 땀을 흘리고 있음에 틀림없다. 나의 공상과는 레벨이 전혀 다르다.

때로는 인생이 공상처럼 흘러가는 것 같다는 생각이 든다. 어이없고 황당할 때도 있다. 당하는 순간, 억하는 마음으로 긴 시간을 앓기도 했다. 그래도 흘러간다. 나이가 들면서 그것을 알았다. 그러니 이 공상의 결말은 해피엔딩으로 써도 좋을 것 같다.

5장

어른도 위로받고 싶다

어른도 깜짝 놀라고 상처받는다

산 지 얼마 안 되는 전동어시스트 자전거에서 요란하게 굴러 떨어졌다. 다행히 큰 상처는 '입히'지도 '입'지도 않았지만, 쓸린 무릎에는 거무스름한 흔적이 남아버렸다.

전동어시스트 자전거……라고 하니 길다. 이하 전기자전거라고 하겠다.

그런데 그것을 손에 넣기 전의 나는, 아이를 앞뒤에 태운 같은 연배의 여성들에게 추월당하는 일이 많았다. 나 혼자만 실어 나르는데 왜 이리 어설픈 건지 울적해질 뿐이었는데, 사실 그녀들도 전력의 도움을 받고 있었던 걸까? 이렇게 가벼운 힘으로 슉슉 앞으로 나아간다면 추월하는 게 당연하다.

오토바이나 자동차 면허가 없는 나에게 전기자전거는 기분 전환에 최고인 탈것이 되었다. 멀리 가더라도 조금도 피로하지 않다. 아무튼 빠르고, 아무튼 편하다. 그래서 즐겁다. 엉덩이가 아파질 때까지 매우 기분 좋게 타고 돌아다녔다. 이럴 때는 너무 좋아하다가 곧잘 실수하는 나지만 말이다.

어느 날, 전기자전거로 놀러 갔다가 오는 길에 생긴 일이다. "집에 도착할 때까지가 소풍"이라고 자주 말하곤 했는데, 집까지 겨우 20미터 정도 남은 상황에, 편의점에 들르려고 연석에 올라가려는 찰나에 타이어가 옆으로 미끄러져, 왼쪽 어깨부터 보도로 두둥 하고 떨어졌다. 머리도 쿵 부딪혔지만, 두꺼운 털실로 된 모자를 쓰고 있어서 화는 면했다.

앞서 달리던 P씨가 계속 땅에 뻗어 있는 나에게로 달려와 자전거를 일으켰다. "괜찮아?"라고만 물어서 "괜찮아"라고만 대답했다.

오가는 사람들이 이쪽을 안 보는 척하면서 보고 있었다. 모양 빠짐과 부끄러움이 뒤섞여, 즐거웠던 기분이 단번에 사라졌다. 한동안 그 장소에서 일어날 수 없었는데, 그것은 아파서가 아니었다. 통증은 나중에 찾아왔으니 말이다.

나동그라진 뒤의 기분을 한마디로 표현하자면, '불쾌함'밖에는 할 말이 없다. 넘어진 건 틀림없이 내 탓이다. 그런데 분노에 가까운 감정이 어디서부터랄 것도 없이, 불끈불끈 가슴에 끓어오르는 것이다. 그것을 부딪쳐볼 곳이 없어 짜증만 쌓여갔다.

물론 자전거에서 굴러떨어진 것은 이번이 처음은 아니다. 어렸을 때 몇 번이나 있었다. 단지 어른이 되고 나서 이렇게까지 요란하게 나동그라진 적은 없었다. 기껏해야 보도에서 넘어지는 정도였다.

갑자기 넘어졌을 때는 아픔보다 부끄러움이 이긴다. 그 때문에 언제든 괜찮은 척을 하고 쓴웃음을 지을 여유마저 보이며 그 자리에서 일어나 황급히 가버리곤 했다. 오늘 저녁은 그것조차 할 수 없었다. 부끄러움 이상으로 나를 지배하는 이 감정은 무엇일까? 그날 밤은 침대에 들어서도 계속 이 말로 표현할 수 없는 감정의 형태를 가슴속에서 찾았다.

다음 날 아침, 평소의 나로 돌아와서야 비로소 깨달았다. 그 감정의 이름은 '깜짝 놀라서 상처받음'이었다. 자신만만하게 타고 다니던 전기자전거에서 지면으로 내던져지자 들떠 있던 기분은 유리처럼 산산조각이 났다. 깜짝 놀란 데미지는 예상보다 훨씬 커서, 한참이 지나도 해소되지 않아서 불쾌해진 것이었다. 아이였다면 울음을 터뜨릴 장면일 것이다.

어른이 된 후에도 싫은 일은 다 헤아리지 못할 정도로 많다. 하지만 심신이 모두 깜짝 놀란 사건은 그렇게 많지 않다. 그래서 나는 이럴 때 어떻게 하면 좋을지, 누가 어떻게 해주면 좋을지를 잊고 있었다.

아마 나는 "에구, 깜짝 놀랐겠다, 이제 괜찮아"라고 누군가 말해주기를 원했던 것 같다. 그것은 대개 아이에게 하는 말이겠지만 어른에게도 유효하다.

이유도 없이 비참함으로 불쾌할 때는, 어른이라도 깜짝 놀라고 상처받는다. 하지만 어른은 깜짝 놀라는 정도로는 상처받지 않는 것이라고 선을 그어버리니 불쾌해지는 수밖에 없다. 어른이라도 아이의 흔적은 남아 있다. 누군가가 안심시켜주거나 등을 두드려주기를 바라는 때가 있는 법이다.

어설픈 완벽주의의 좌절

오랜만에 감기에 걸렸다. 올해는 장마가 끝나기도 전에 무더위가 계속되는가 하면, 8월엔 날씨가 갑자기 돌변해서 기온이 낮아지는 등 불안정한 상태였으므로 어쩔 수가 없었다.

입으로는 "어쩔 수 없었다"고 하면서 분한 기분이 스멀스멀 치밀어 오른다. 평상시에 컨디션을 무너뜨리지 않는다는 것이 나의 은밀한 신조이다.

다행히 일을 쉴 정도는 아니지만, 건강 유지 기록이 멈춘 것 같아서 매우 기분이 나쁘다. 기록이 멈춘 것 같아 마음에 들지 않는다는 게 어린아이 같지만 말이다.

이런 식으로 생각하게 된 것은 언제부터일까. 기억을 더듬어

올라가니 원점은 초등학생 때의 여름방학, 라디오 체조였다.

익숙하지도 않은데 매일 아침 일찍 일어나서 후다닥 스탬프 카드부터 목에 걸고는 도보 3분 거리의 공원으로 달려갔다. 달려가면 2분도 걸리지 않는다. 어쨌든 나는 짠짠카짠짠짠 음이 울리기 전에 공원에 도착해야만 했다. 매일 아침 메로스가 된 기분이었다〔다자이 오사무의 단편소설 「달려라 메로스」에서 정의로운 메로스는 자기 대신 인질로 잡힌 친구를 구하려고 처형 시간까지 형장에 도착하기 위해 역경 속에서도 달린다〕.

라디오 체조가 즐거워서가 아니었다. 가면 스탬프를 받을 수 있는 것이 기뻤을 뿐이다. 그것이 일찍 일어나는 것에 대한 보상이었다. 스탬프 같은 것으로 가슴에서 도파민이 분비되곤 했으니 그 시절의 나는 기쁨의 임계치가 낮았다.

기분 좋게 스탬프를 받기 위해서는 맨 처음부터 참가해야만 한다. 중간에 들어가면 끝난 다음에 스탬프를 받으러 가야 해서 찜찜하다. 그런 것에 이상하리만치 융통성이 없는 아이였다. 메로스를 자칭하면서 나에게는 "제시간에 맞춘다, 못 맞춘다"가 큰 문제였던 것이다.

그런데 이 스탬프카드가 심상치 않은 물건이었다. 도화지보다 조금 빳빳한 종이에 월간 달력처럼 칸과 날짜가 인쇄되어 있다. 즉 카드를 보면 매일 왔는지 아닌지가 일목요연하게 보인다. 스탬프가 연속으로 찍혀 단자처럼 줄줄이 이어져 있으면 도파민이 콸콸 나온다. 하지만 하루라도 쉬었다면 거기에는 증오할 만한 하얀 공백이 생겨버린다.

나는 늘 이 부분에서 할 마음이 반감되어버렸다. '아 뭐 됐어, 누군가 처형되는 것도 아니고' 하고 메로스는 부정부패해버린다. 어제까지는 그렇게나 중요하게 여긴 일이었건만, 공백은 아름답지 않다. 오늘은 더 이상 카드를 보는 것조차도 싫어진다.

어른이 되어 이런 마음은 어떻게 작동하는 것일까 하고 생각하게 되었다. 가지 않았던 것을 그렇게나 확실히 공백으로 가시화할 필요는 없지 않았을까.

방학 숙제나 일기쓰기도 마찬가지다. 아무튼 초등학생은 여름방학 내내 '꾸준히 계속하는 게 최고'라고 철저히 주입받는다. 그 모든 것이 연속성을 스탬프로든 그림으로든 가시화하고 기록하는 시스템이었다.

왜 그렇게까지 하게 했을까 생각해보면, 계속하는 것을 '당연한 일상'으로 습관화하기 위해서였을 것이다. 애써 계속하는 것이 아니라 숨 쉬는 것처럼 계속하게 하기 위해서였을 것이다. 마음속에 새로운 회로를 만들기 위해서는 끊임없이 몇 번이고 그것을 반복할 필요가 있다고 들은 적이 있다. 그러기 위해 자극이 되도록 스탬프카드 같은 것들을 고안했을 것이다.

그때의 어른들이 가르치고 싶어 했던 것은, '계속'과 '연속'은 다르다는 것이었으리라. 스탬프카드는 어디까지나 연속성을 강조하는 시스템이 아닌가. 연속으로 하다 도중에 결석하는 것은 허용되지 않는다. 하지만 계속에는 휴가도 허용된다. 잠시 끊었다 다시 이어나가면 된다. 라디오 체조의 카드에 날짜 따위는 필요 없는 것이다. 도중에 쉬더라도 8할 참가했다면 모두 칸이 메워지게 하고 나머지 2할은 보너스포인트 정도였다면 좋았을 텐데. 8할 참가도 충분히 계속이라고 부를 수 있을 텐데 말이다.

연속과 계속을 잘못 생각해서 어중간한 완벽주의가 조장된 결과로 내가 도중에 내던진 것은 셀 수 없다. 일기, 다이어트, 운동, 공부, 피아노 등등. 하루나 이틀 땡땡이치면 연속성의 소멸에 싫증이 나서 그만둬버린다. 그 연속이었다. 그런 연속은 필요 없는데 말이다. 라디오 체조도, 일기도, 다이어트도, 연속 기록 갱신이 목적이 되어서는 안 된다. 계속을 위해서는 적당한 휴식도 필요한 것이다.

아이였을 때는 "한 번 실패했다고 해서 바로 숟가락을 내던져버리는 것은 나쁜 버릇"이라고 꾸지람을 들었다. 하지만 내 탓이 아니다. 연속에만 보상을 해주던 당시의 어른들 탓임에 틀림없다.

이런 마음이 작동하는 원리를 어렸을 때 배웠다면 사춘기에도 일기를 계속 쓸 수 있었을 것 같은 기분이 든다.

서글픔의 씨앗

새빨간 텐트는 주택가를 벗어난 공터에 세워져 있었다. 출구에서 많은 부모 자식 일행이 쏟아져 나와 흙먼지가 흩날린다. 나는 무려 10년 만에 서커스를 보러 와 있다.

어렸을 때, 서커스의 흥분은 언제나 서글픔과 등을 맞대고 있었다. 호화찬란한 태양의 서커스Cirque du Soleil〔세계에서 가장 유명한 서커스 공연, 기존의 서커스에 스토리, 라이브 음악, 무용 등의 복합적인 요소를 도입했다〕와는 다른 1970~1980년대 서커스 이야기다. 텐트를 나온 뒤에 느끼는 권태감이나 께름칙함은, 유원지나 수영장에 다녀온 후의 노곤하고 달콤한 감상과는 확실히 다른 것이었다.

어둑어둑한 텐트 안에서 흐릿한 스포트라이트에 비친 곡예사. 치장한 동물의 곡예. 우습게 실패하는 피에로. 그들은 언제든지 관객을 크게 웃기고, 조마조마하게 하고, 즐겁게 했다. 그렇지만 무대 구석으로 들어가는 단계가 되면 가만히 나에게 슬픔의 베일을 씌우고 가는 것이다.

서커스는 왜 서글픈 걸까. 어린아이인 나에게 적요寂寥 같은 정서를 즐길 능력은 없었다. "특별히 애잔함을 준비했습니다!"라고 강조해서 말하는 서커스도 본 적이 없으니, 서커스 입장에서는 특이점도 뭣도 아닐 것이다. 그 감정은 도대체 어디에서 온 것이었을까.

나도 이제 어른이 되었으니, 지금이라면 서글픔의 정체를 확인할 수 있을 것이다. 차분히 그 윤곽을 마음대로 주무를 수 있을지도 모른다. 발칙한 기대와 함께 나는 공연이 시작되기를 기다렸다.

어디서부터랄 것도 없이 남녀 피에로가 나와 서커스의 막이 열렸다. 원형 무대 중앙에서 익살을 떠는 그들을 보고 뒷좌석에 앉은 아이가 바로 칭얼거린다. 그 느낌 나도 알지, 피에로는 재미있고 또 그만큼 무섭기도 해.

서커스의 공연 내용은 어린 시절과 그다지 다르지 않았다.

천장에서 늘어뜨린 색색의 천을 몸에 휘감아 가뿐히 허공을 떠도는 여자들. 전신을 사용해 몇십 개나 되는 훌라후프를 돌리는 화려하게 꾸민 외국인 여성. 커다란 공 모양 구조물 속을 세 대의 오토바이가 아슬아슬하게 충돌하기 직전의 맹스피드로 달린다. 조련사가 자유자재로 다루는 것은 소만 한 체구의 사나운 흰사자 아홉 마리. 한 걸음만 잘못되어도 물려서 인생이 끝나버릴걸. 조련사의 몸에서 어렴풋이 땀이 스며 나오는 것이 관객석에서도 보였다.

공중그네에는 안전망이라도 있지만, 여기에 생명의 망은 없었다. 그들에게 실패가 허용되지 않는 것은 관객 앞이기 때문만은 아니다. 내일의 자신을 담보하기 위해서도 실패는 허용되지 않는 것이다.

서커스는 기억하고 있던 것 이상으로 죽음과 맞닿은 오락이었다. 어린 시절에 조마조마했던 것은 생명이 걸렸음을 어렴풋이 이해하고 있었기 때문일 것이다. 께름칙한 기분이 들었던 것은 생명이 걸린 오락을 즐기는 일이 과연 옳은지 몰랐기 때문일 것이다.

곡예사가 상공에서 아크로바틱한 곡예를 펼치는 동안 지상에서는 다음 차례 준비가 시작되고 있었다. 묵묵히 세팅하고 있는 이들은, 방금 전까지 곡예를 펼쳤던 단원들이다. 그들은 곡예도 하고 스태프도 담당하는 것이다. 어둠 속에 신뢰와 책임으로 뒤섞인 줄이 확실히 보인다. 막간에는 피에로가 다시 나와 장내 분위기를 누그러뜨렸다.

서커스에는 항상 이동이 따라다닌다. 그들은 한곳에 머무르지 않는다. 아직 서커스를 보지 않은 관객에게 기쁨을 주기 위해 각지를 돌아다니는 것이 생업이다. 유소년기의 나는 꿈같은 시간이 끝나면 그들과 두 번 다시 만날 수 없음을 알고 있었던 것일까.

어른이 된 내가 느낀 서글픔은 아이인 내가 느꼈던 그것과는 달랐다. 나 자신이 서글퍼져버린 것이다.

일생에 단 한 번뿐인 기회를 위해 절차탁마하고, 곡예에 목숨을 걸고 여행을 계속하는 단원들은 얼마나 홀가분하고, 고독하며, 자유로운 찰나를 사는 것인가. 그들은 하루하루를 나보다 훨씬 밀도 높게 살고 있다. 안정과 안전을 최우선시하고, 괜한 짐을 계속해서 등에 지고, 뭐 하나 버리는 일조차 할 수 없어 투덜투덜 불평만 하는 나보다 훨씬 그러하다.

무난한 하루하루를 면면히 계속하는 것에도 가치가 있다. 그런데 하루하루의 생활에 작은 행복을 만지작거리는 나를 누군가는 비웃겠지. 그건 역시 '서글픈' 일이 아닌가.

어느새 나 자신보다도 허리에 휘감긴 생명의 망이 훨씬 무거워진 것 같다. 이제 이것을 풀어버릴 수는 없을 것이다. 저런 식으로 살 수 있으면 좋을 텐데, 하고 나는 턱을 괴면서 허공을 떠다니는 그들을 바라보았다.

우물우물, 아버지의 건강법

올해 7월은 아버지를 만나러 가지 않았다. 평소라면 아버지와 나는 한 달에 한 번은 꼭 호국사로 성묘하러 간다. 특히나 오봉(양력 8월 15일 전후로 죽은 조상을 추모하는 명절)을 앞둔 7월에 성묘를 빠뜨리는 일은 엄마가 돌아가시고 나서 한 번도 없었다.

왜 만나지 못했는가 하면 더위 때문이었다. 묘지에는 그늘이 없어 여든이 넘은 아버지가 일사병에 걸릴지도 모른다고 생각했다. 연일 폭염이 계속되어 집에서 역까지 걸어가는데도 생명의 위험을 느낄 정도였다. 다니는 것을 좋아하시는 아버지에게는 가혹한 일이지만, "올해 여름은 여하튼 불요불급한 외출은 삼가시기 바란다"고 입이 닳도록 말씀드렸다.

아마 2010년의 여름도 30년에 한 번인가 하는 혹서였던 듯하다. 그때는 아직 아버지의 건강을 걱정하지 않아도 됐다. 그때는 아직 아버지와 내가 같이 살고 있었고, 아버지는 운전도 하셨다. 무엇보다 지금보다 10여 년이나 젊었다.

부모님과 살던 그 집에서 차로 10분만 가면 호국사는 변함없이 그 자리에 있지만, 10여 년의 세월 동안 옛 집은 남의 손에 넘어갔고, 아버지는 호국사에 당도하는 데 45분이 걸리게 되었다. 오랜 역사의 호국사와 우리 집을 비교하는 건 우스운 이야기지만 약간 서글프다. 호국사는 계속 거기에 있는데 우리 집은 거기에는 없는 것이다.

메시지나 전화로 연락은 하고 있었지만, 8월에 들어서도 얼굴을 보지 않으니 슬슬 걱정되기 시작했다. 샤브샤브 맛집에서 식사도 할 겸 아버지를 만나러 가니 아버지의 얼굴과 몸이 한아름 작아져 있었다. 마지막으로 만난 것은 한 달 반쯤 전, 도대체 무슨 일이 있었던 걸까. 병인가? 살이 빠진 것을 본인이 깨닫지 못하는 경우, 갑자기 물어보면 상처받을 수도 있다. 그렇다면 신중하게 가자.

가게에 들어가 적당한 세상 이야기를 하고 나서 주문을 마친다. 적당한 때를 봐서 여름을 타시는 거냐고 물었다. 아버지는 득의양양하게 머리를 가로젓는다. 그럼 왜, 하고 물으려는 순간에 고기가 나오고 직원이 끓기 직전의 육수에 고기를 넣었다 꺼냈다.

차돌박이가 냄비 속을 스쳐 지나가는 것을 바라보며 아버지가 입을 연다.

"아빠는 말이다, 건강을 위해서 한입에 오십 번 씹기로 했단다."

서른 번이라면 들은 적이 있지만 오십 번은 너무 많은 거 아닌가? 왜 그러기로 했는지 물어보고 싶었지만, 직원이 나눠 준 고기를 입에 쏙 넣은 아버지는 우물우물 입을 계속 움직이며 한 번에 삼키려고 하질 않으니 도무지 들으려야 들을 수가 없다. 아버지가 씹어 삼킬 때까지 나는 고기를 세 점은 먹어 치웠다.

영원히 계속될 것만 같은 우물우물 후에 만반의 준비를 마친 꿀꺽을 거쳐 아버지는 드디어 입을 열었다. "많이 씹게 되니까 더부룩하지도 않고 위통도 없어져서 모든 게 최고야!" 뱃살이 확 줄어 목욕하고 나서 자신의 몸을 보는 것도 즐겁다고.

뭐야 그게. 여고생도 아니고. 좀처럼 체중이 줄지 않는 나는 시샘 반이다. 계속 우물우물하느라 입 밖으로 말을 내뱉지는 않지만, 내가 살이 빠지지 않는 것은 잘 씹지 않아서라고 아버지의 눈이 호소하고 있다. 억울하기 짝이 없다.

아버지의 한입에 오십 번 씹기는 사교에는 턱없이 부적절한 건강법이다. 식사가 시작되고 나서부터 아버지는 대부분의 시간을 씹는 일에 소비하고 있다. 즉 말이 없다. 그렇다면, 하고 나도 흉내 내어봤지만 오십 번 다 씹을 때까지 입 안에 음식물을 남겨두기가 어렵다. "습관이야, 습관" 하고 아버지는 바짝 선배티를 냈다.

목구멍에 미련가 있는 것은 아니지만, 너무 씹으니 음식의 맛을 모르게 되어 재미없다. 우물우물 다음 곧바로 꿀꺽이 가능한 나는 아직 젊은 것일지도 모른다.

'평생 쓸 물건'을 대하는 자세

이번 주말은 바뀐 계절에 맞춰 새 단장을 하기에 딱 좋은 날씨라고 기상캐스터가 라디오에서 말했다. 하지만 월요일을 맞이한 내 옷장은 금요일과 다름없다. 토요일도 일요일도 예상보다 더웠던 것이 화근이었다.

나에게는 여러 곳에 옷을 넣어버리는 나쁜 버릇이 있다. 그것은 상자였다가 벽장이었다가 침대 밑 수납공간이기도 할 만큼 버라이어티하다. 그 모든 것을 열면 분명 얼마간의 옷이 나오기야 하겠지만, 무더운 날에 그런 짓을 했다간 땀범벅이 되어 옷이 더러워질 테니 손댈 엄두가 나지 않았다. 아니 이것은 단지 변명인가.

염려되는 것은 작년 이맘때 무엇을 입었는지 전혀 생각해낼 수 없다는 것이다. 10월 초가 여름옷과 겨울옷 사이의 계절이기 때문일까, 아니면 내 뇌가 퇴화했기 때문일까.

스마트폰 갤러리를 열어 작년 사진을 찾아본다. 과연, 수긍할 만한 점이 있었다. 작년에 나는 많은 가을옷을 남에게 주거나 중고로 내놓거나 버렸던 것이다. 거기에 찍혀 있는 옷은 이미 내 손에는 없다.

버린 옷은 모두 몇 년이나 입어서 옷감이 얇아졌거나 커다란 얼룩이 지워지지 않았거나 해서 버려야 마땅한 상태였다. 남에게 준 것은 상태만 보면 아직 입을 수 있지만, 이제는 어울리는 나이가 아닌 것 같아 좀처럼 입지 않게 돼서 아깝지는 않았다.

그렇다면 이번 가을에는 무엇을 입을까. 무엇을 살까. 생각 같아서는 적당한 패스트패션으로 끝내고 싶다. 몇몇 패스트패션 브랜드 매장에는 리사이클 박스가 항상 마련되어 있어 언제라도 헌 옷을 받아준다. 특히 유니클로 매장 앞에는 '입을 수 있지만 입지 않는 유니클로 옷'을 넣으면 필요한 사람에게 전달해 주는 상자가 있어서 편리하다. 한 시즌 만에 질려버린다 해도 마음이 꺼림칙한 경우가 적다.

하지만, 하고 나는 이 시점에서도 고민한다. 이미 충분히 어른이지 않은가. 오래 입을 수 있는 질 좋은 것을 갖추기 시작해야 할 나이가 아닐까?

예를 들면 트렌치코트, 캐시미어 스웨터, 가죽 구두 등이다. 10년이든 20년이든 입을 수 있는 베이직 아이템을 깍듯하게 계속 입는 인생을 동경해 마지않는다, 라고나 할까. 그런 것이 어른이라고, 내가 어릴 때는 그랬었다.

또한 동시에, 물건의 수명은 사람보다 길다는 것을 나는 잘 알고 있다. 멋 부리는 걸 아주 좋아하셨던 엄마가 64세의 젊은 나이로 돌아가신 후, 남겨진 대량의 '평생 입을' 의류를 앞에 두고 나는 어쩔 줄 몰라 했다.

엄마가 돌아가신 지 20년 이상 지났지만, 친척이나 친구에게 유품을 나누어 주었는데도, 코트나 재킷이나 구두 몇 개는 아직도 우리 집 상자 속에 잠들어 있다. 추억이 그렇게 시키는 것 이상으로, 버리기에는 너무 아까운 상태인 것이 내 마음을 무겁게 한다. 모두 나에게는 사이즈가 맞지 않거나 유행과 너무 떨어져 있거나 해서 어찌할 도리가 없다.

찾는 기쁨, 발견하는 기쁨, 사서 소유하는 기쁨, 사용하는 기쁨. 물건에는 여러 가지 기쁨이 있게 마련이다. 버릴 때의 마음의 짐을 앞서 생각하는 것은 촌스러움과 거리가 멀지 않지만,

엄마의 '값을 매길 수 없는 유산'이 있는 한, 모든 것을 처분하고 나서 죽음을 맞이하고 싶다는 바람은 내 안에서 사라지지 않을 것이다.

자식도 없는 나로서는 남겨진 사람이 누가 될지 상상도 할 수 없지만, 물건을 남긴다 해도, 적어도 "이건 뭐 버려야지" 하고 고민 없이 버릴 수 있는 것에 둘러싸여 죽고 싶다.

그래서 옷도 구두도 가방도 싼 물건으로 지내던 어느 날, 격식 있는 자리에서 업무상 윗사람을 만나게 되었다.

평상시의 스니커즈는 좀 아니지, 하고 신발장을 뒤지니, 엄마가 살아 계셨을 때 사주신 페라가모의 에나멜 구두가 있었다. 10년 이상 신지 않았던 것 같다. 그런데도 오랜만의 페라가모는 발에 딱 맞아서 발이 전혀 피로해지지 않았다. 뒤꿈치가 닳아서 구두 수선점에 가지고 가니 눈 깜짝할 사이에 고쳐주었다.

"이건 말이죠, 다음에는 구두 밑창을 가는 편이 좋겠어요. 평생 신을 좋은 구두니까 잘 관리해야죠"

고친 구두를 나에게 건네주면서 점원 아저씨는 미소 지었다.

터질 듯한 상복을 입고

며칠 전, 갑작스러운 상이 있었다. 학생 때부터 신세 졌던 선배의 어머니께서 돌아가신 것이다.

최근에는 결혼식 초대보다 부고가 많아 인생이 꺾이기 시작했음을 좋든 싫든 느끼게 된다. 원래 부고는 갑자기 찾아오는 것이다. 그렇다면 언제라도 만반의 준비를 해두는 것이 꺾인 자가 가져야 할 자세라고 생각한다. 하지만 꺾인 정도로는 자동으로 제대로 된 어른이 되지 않는다는 것이 엄연한 현실이다.

전날 밤, 오랜만에 소매를 통과하는 상복을 앞에 두고 기분이 어두워졌다. 양팔을 만세하고 머리부터 뒤집어쓰자, 나쁜 예감은 적중해 기분은 암흑 속으로 꺼졌다.

팔이 걸려서 상복이 아래로 내려오질 않는다.

상복은 20년도 더 전에 엄마의 장례식용으로 구입한 원피스와 세트인 노칼라재킷이다. 사계절 대응용으로 그럭저럭 괜찮은 것을 샀고, 지금까지 별로 입을 일이 없었기 때문에 모양이 흐트러지거나 반질반질해지지 않았다. 아직 입을 수 있다.

당시는 딱 맞는 사이즈였지만, 그 후 나는 살이 찌고 빠지기를 반복했다. 헐렁헐렁하게 장례식에 참가한 적도 있고, 지금도 잊고 싶을 만큼 꽉 낀 적도 있다. 이번에는 전무후무하게 꽉 끼었다.

게으른 성격상 비상사태를 깨닫는 것이 항상 전날 밤이다. 따라서 소 잃고 외양간 고치는 것조차 허용되지 않는다. 대체 왜 이러는 걸까.

전에 없이 혹독한 늦여름 더위 탓에 에어컨이 돌아가는 방에서도 땀이 난다. 안경을 쓴 채 몇 번이나 시도했지만, 얼굴의 피지가 렌즈에 묻어 시야가 흐려졌다.

머리를 헝클어뜨리고, 몸을 비틀어 어떻게 어떻게 영혼까지 끌어모아 육신을 상복에 욱여넣는다. 마치 탈출 영상을 거꾸로 돌리는 것 같다. 거울 앞에 서니, 엉덩이 주변이 당장이라도 터질 듯 빵빵했다. 완전 꼴불견이네, 이건 말도 안 돼.

잠깐 몸을 굽힌 순간에 허리에 붙어 있던 벨트의 버튼이 날아가버렸다. 역시. 서둘러 상복을 벗고 속옷 차림으로 버튼을 찾았지만, 어디를 뒤져도 보이지 않는다. 스르륵 하고 4차원 포켓 속으로 빨려 들어간 것 같다.

할 수 없이 버튼으로 고정해야 할 자리를 실로 꿰맸다. 염주와 비단보와 영전에서 할 말을 준비해놓고 그날 밤은 잠자리에 들었다.

다음 날인 장례식 당일. 얇은 검정 스타킹이 없다는 것을 깨닫는다. 서둘러 편의점에 달려갔지만, 애매한 계절 탓인가, 어디나 두꺼운 검정 타이즈밖에 놓여 있지 않았다. 게다가 '발열가공'이라고 표시된 것을 기온이 25도가 넘는 오늘 신는 것은 고문이다. 하지만 어쩔 수 없다.

작업장에서 드디어 상복을 갈아입으려고 했더니 이번에는 벨트가 봉합된 상태로는 입을 수 없다는 것이 판명되었다. 그러고 보면 이것은 입고 나서 잠그는 버튼이었을지도 모른다.

또 땀이 줄줄 난다. 나 혼자밖에 없으니 입고 나서 꿰매는 것은 불가능하다. 애간장을 태운 끝에 꿰맨 부분을 뜯어 입은 후 눈에 띄지 않도록 스테이플러로 벨트를 고정했다. 나이깨나 먹어가지고 너무 심하다. 돌아가신 어머니가 노여워서 나타나실 것 같다.

장례식장에 도착하니 장례는 차분히 진행되고 있었다. 선배 어머니의 얼굴을 영정사진으로 처음 뵈었다. 웃는 얼굴이 멋진 분이었다.

선배도 우리 엄마와는 면식이 없었지만, 장례에 달려와주었다. 특별히 말은 주고받지 않았어도 와준 것만으로 감사했다. 불성실할지도 모르지만, 이번 기회에 드디어 그 의리를 지킨 것 같다.

터질 듯한 상복을 계속 입고 있기에는 너무 괴로워, 나는 가만히 역 화장실에서 평상복으로 갈아입었다. 그렇다면, 살을 뺄 것인가 새 옷을 살 것인가, 정하지 않으면 안 되겠다.

뇌의 기억과 스마트폰의 메모리

스마트폰의 동작이 둔하다. 어느 어플리케이션을 작동시켜도 어마어마하게 시간이 걸린다. 기다리는 것은 단지 몇 초뿐인데, 그것이 매우 길게 느껴져 번거롭기 짝이 없다.

스마트폰을 잘 아는 사람에게 물으니 메모리 부족이 원인일 거라고 했다. 설정을 만지작거려 저장 폴더인가 뭔가를 열었다. 이런 거, 지금까지 열어본 적도 없는데. 아아, 이런 느낌, 너무 바보스럽군. 후후.

폴더에 보관되어 있던 이미지는, 내가 찍은 사진, 친구가 보내온 이미지, 스크린샷, 인터넷에서 다운로드한 이미지 등에 더해져 무려 8,000장도 넘었다. 이것들이 속도를 느리게 만들고 있는 것 같다. 그렇더라도 8,000장은 너무 많은 거 아닌가. 이 스마트폰을 쓴 지 4년 정도 됐으니, 1년에 2,000장 이상이라는 계산이 된다. 즉 하루에 5장 남짓. 쭉 스크롤해보니, 없어도 별 상관없는 사진들뿐이었다. 하지만 모두 삭제하는 것은 왠지 아까웠다.

외부 SD카드 같은 것에 데이터를 옮기면 조금은 움직임이 빨라질 것 같아, 뜨거운 여름 하늘 아래 가전 판매점으로 발을 옮겼다. 무더위 탓에 땀범벅이 되었다. 이것을 기회로 새 기종을 살까 하고도 생각했지만, 새로운 것은 모두 100만 원이 넘었다. 훅 식은땀이 났다.

점원과 상담해서 8기가바이트의 마이크로 SD카드를 구입하기로 했다. 그것이 얼마만큼의 용량인지 나는 전혀 모른다. 하지만 점원은 이것으로 충분하다고 했다. 시험 삼아 장착해보려 하니 마침 전원이 꺼져버렸다. 충전해줄 수 있느냐고 물어보니 천 원이라고 했다. 아까워서 집에서 시험해보기로 하고 집으로 돌아왔다.

집에 돌아온 후, 서둘러 스마트폰을 충전기에 연결하려다, 아니지 아니지, 카드를 장착하려면 전원을 끄는 것이 먼저지 하고 다시 전원을 끄고 뒤쪽의 커버를 벗긴다. 그러자, 충전지 오른쪽 위에 짠, 하고 산 것과 똑같은 브랜드의 외부 SD카드가 장착되어 있었다.

외부 SD카드는 처음부터 거기에 있었던 것이다. 나는 그것을 4년이나 깨닫지 못하고 있었다. 새끼손톱만 한 카드를 보니, 16기가라고 쓰여 있다. 아까 산 카드의 두 배 용량이 텅 빈 채 눈앞에 있다. 아아, 하고 크게 한숨을 쉬고, 나는 커버를 다시 끼웠다. '알고 있어야 마땅'한 것이 파도처럼 계속해서 밀려온다. 오늘까지 나는 서핑하듯 파도를 타고 넘어왔지만 40대 중반이 되어 드디어 서프보드에서 떨어졌다. 세상의 거친 파도에 더 시달릴 수조차 없다. 첨벙 하고 떨어져 이후로는 점점 가라앉을 뿐이다.

쓸데없는 사진이라면 삭제하면 됐고, 매장에서 천 원을 내고 충전한 후 곧장 커버를 열어보았다면 SD카드가 장착되어 있다는 것을 알았을 것이다. 아니, 충전하지 않아도 커버만 열었다면 알았을 텐데. 그랬다면 환불받을 수도 있었을 텐데. 잘 모르면서 '지우기 아깝다' '천 원이 아깝다' 하다가 결국은 손해를 보았다. 이런 트러블을 자연스럽게 피할 수 없게 된 것이 무엇보다도 나이를 먹었다는 증거다.

인터넷에서 방법을 찾아, 데이터는 무사히 옮길 수 있었다.

다시 이미지들에 눈을 돌리니, 아무래도 좋은 사진들뿐이다. 보잘것없을 수도 있지만 막상 보니 잊고 있던 기억이 새록새록 떠오른다. 작은 추억까지 되살아나 즐거운 기분을 한껏 맛보았다.

이때는 어쭙잖게 홈파티를 해가지고, 익숙하지도 않은 요리를 만들었었지. 고구마수프가 호평이었어. 클럽에서 함께 사진을 찍은 이 아이랑 통 연락을 못 했는데, 건강히 잘 지내고 있을까? 아아, 이때는 베란다 텃밭에 방울토마토 열매가 너무 많이 열려서 큰일이었지. 이때와 비교하면 아버지 늙으셨구나. 음, 이 옷은 어디에 두었더라? 이 머리스타일 나쁘지 않은데 또 해볼까?

스마트폰의 사진 폴더는 내 뇌의 외부 SD카드 같은 것이겠지. 뇌는 바로 가득 차버리니, 일어났던 일은 모두 사진으로 남는 것이다.

8,000장 중 5,000장 정도에는 어떤 추억이 담겨 있어서, '내 인생, 그렇게 나쁘지 않을지도'라고 생각했다. 스마트폰만 있으면, 주마등의 스위치는 원할 때 언제라도 켤 수 있다.

강력한 문지기, 패스워드

온갖 고생 끝에 8,000장의 사진을 16기가바이트의 외부 SD 카드로 이동시킨 스마트폰이 드디어 완전히 멈췄다. 이제 새로운 것을 살 수밖에 없다.

새로 바꿀 때마다 스마트폰의 가격이 높아져 기분이 우울해진다. 어느 것이나 어지간한 컴퓨터만큼 비싸다. 가격이 상승하는 것은 카메라나 그림 그리기용 패드 같은 부속 기능 탓인데, 나는 그런 기능들을 잘 써본 적이 없다. 통화기능도 이미 덤 같은 것이다. 사실 나는 갈라파고스 폰(일본에서만 쓰는 2G형 휴대전화)까지 두 대를 가지고 있다. 왜냐하면 스마트폰은 여분 배터리가 없기 때문이다.

우울한 것은 가격 탓만은 아니다. 새 기종으로 데이터를 옮기기 위한 아이디와 패스워드 입력이 귀찮은 것이다. 그런 문자열, 기억하고 있을 리가 없다.

토요일, 근처 휴대전화 판매점에 갔다. 악천후였지만 가게는 붐볐고, 드디어 순서가 됐을 때는 한 시간 반이 지난 후였다. 설명을 듣고 지불을 마치니 점원은 상냥하게 "데이터를 옮길 테니 아이디와 패스워드를 입력해주세요"라고 했다. 드디어 왔다. 최초의 난관이다.

아무렇게나 입력해보니, 아이디는 맞는데 패스워드가 틀렸다고 나온다. 몇 번을 다시 해도 안 된다. 이렇게 되면 새로운 패스워드를 설정할 수밖에 없다. 하지만 거기에도 난관이 기다리고 있다.

새로운 패스워드를 설정하려면 평소 사용하지 않는 이메일 주소로 보내지는 메일을 읽어야 한다. 그러나 이번에는 메일에 로그인하기 위한 패스워드를 모른다. 칠전팔기 끝에 인증에 성공해 새로운 패스워드를 손에 넣는다. 혹시나 하고 종이에 메모를 해둔다. 다음에 살 때쯤이면 이 메모는 분명 어딘가로 사라졌을 테지만.

휴대전화 매장에서의 작업은 무사히 마쳤다. 하지만 집에 돌아와서가 큰일이었다. 음악 어플, SNS, 온라인 숍 등이 계속해서 아이디와 패스워드를 기입하라고 압박한다. 생각할 수 있는 여러 조합을 입력해봤지만, 이것도 저것도 되지 않았다. 나의 계정에 기록되어 있는 것은 내 개인정보인데, 그곳에 당도하려면 엄격한 문지기의 승인이 필요한 것이다. "산!" "강!" 정도로 심플했다면 좋았을 텐데.

할 수 없이 패스워드를 변경하려고 했더니, 이번에는 '비밀번호 힌트 질문'에 답하라고 한다.

"학창 시절에 좋아했던 가수나 밴드의 이름을 대시오. 그렇지 않으면 여기는 통과 못 해." 강력한 문지기가 나를 매섭게 노려보았다.

본 조비라고 입력해도, 건스 앤 로지스라고 입력해도 문은 열리지 않았다. 체커스도 아니었다. 모두 내가 빠져 있던 밴드다. 왜 안 되는 거냐. 내가 거짓말하는 것 같잖아. 문지기의 기억 오류 아냐?

그렇다면 밴드가 아니라 솔로 가수인가 하고 나카모리 아키나라고 입력하려던 것이 자동완성의 오류로 나카모리 아키오로 입력되었다. 당연히 문은 열리지 않았다. 나카모리 아키나로 다시 입력해도 아니었다. 그러던 중 문지기는 "당신은 몇 번이나 틀렸소. 의심스러우니 한동안 접근을 정지하겠소"라고 하며 사라져버렸다. 두 손 들었다.

몇 시간을 기다려, 밴드 질문에 답하는 것 이외의 방법으로 어떻게든 패스워드를 변경하는 단계까지 도달했지만, 이번에는 대문자와 소문자와 숫자를 섞어서 몇 문자 이상을 설정하라고, 까다로운 지시가 날아왔다.

나는 침대에 쓰러졌다. 다음번에 분명히 기억하지도 못할 패스워드를 내 손으로 만드는 것만큼 허무한 일은 없다.

자유에는 책임이 따른다고 하는데, 편리에는 패스워드가 붙어 다닌다. 개인정보 유출을 막기 위해 쌓인 성벽은 너무나도 높다. 편리를 위해 불편을 강요받다니, 하고 시대에 따라가지 못하는 인간 특유의 진부한 표현이 머리에 떠올랐지만, 나는 어릴 때도 어느 도장이 어느 은행의 것인지 몰라 헤매는 칠칠치 못한 아이였다. 하긴 어제오늘 시작된 문제가 아니다.

젊을 때 공부해두어야 한다는 말

"젊을 때 더 공부했어야 한다!"고 말하지 않는 어른을 만난 적이 없다. 예외 없이 나도 매일매일 후회하는 마음에 시달리고 있다.

내 경우는 지식이 부족해 모든 것을 충분히 즐길 수 없을 때 후회가 밀려온다. 그런 장면은 젊을 때 상상했던 것보다 훨씬 많다. 부족한 것은 주로 문학, 미술, 세계사, 어학, 지리 분야의 지식이다. 사회 분야도 충분하지 않다. 모두 학창 시절에 배울 기회가 있었던 것들인데도 말이다.

학창 시절의 나는 공부를 어떻게 땡땡이칠까만 궁리했다. 학교나 수업을 땡땡이칠 정도의 대담함은 없었지만, 학원은 부모님에게 들키지 않을 정도로만 착실하게 땡땡이쳤다. 성적이 오르지 않는 것에 지친 부모님이 구해준 과외선생님과의 사이에서는 그녀의 관심을 다른 데로 돌리는 것에만 열심이었다. 내가 조사한 바로는 대개 과외선생님은 연애 사정을 물어보면 게임 끝. 애인이 없는 선생님이라면 좋아하는 타입을 물으면 단번에 끝난다. 그렇게 과외선생님과의 시간을 보내고, 내 방에서는 숙제하는 척하면서 만화를 탐독했다.

성적은 중간 아래로는 떨어지지 않게 했으므로, 문제가 될 정도로 불성실한 학생은 아니었다. 단, 아슬아슬한 저공비행으로 위기를 넘기는 것이 공부를 대하는 적절한 방법이라고 얕보았다.

왜 나는 그렇게나 학문에 소극적이었을까. 아마도 공부는 물어보고 말고 할 것도 없이 무조건 해야만 하는 것이라서, 거기에서 즐거움을 찾는 건 포기한 터였기 때문일 거다.

왜 해야만 하는가도, 당시에는 전혀 알지 못했다. 그렇다면 에너지 절약 작전으로 아슬아슬한 선을 노리는 수밖에 없다. 인센티브도 없이 오로지 연도만 외우는 것은 고통스러운 일일 수밖에 없으니 말이다.

어른이 되고서도 한참이 지난 며칠 전, 진행을 맡은 라디오

프로그램에서 공부와 학습의 차이를 알게 되었다. 공부란 "지식이나 식견을 깊게 하거나, 특정한 자격을 취득하기 위해 능력이나 기술을 익히는 것"이고, 학습이란 "반복하면서 (단계적으로) 기초 지식을 배워 익히는 것"을 가리킨다. 즉 학습 없이는 공부가 몸에 배는 일은 없다. 잠깐만요. 교사 여러분, 그 점을 가르쳐주셨어야죠.

학창 시절 나는 임시방편의 공부만 했기 때문에, 학습을 치명적으로 게을리했다. 반복하는 것도, 단계적으로 기초 지식을 익히는 일도 없었다. 덕분에 어른이 되어서는 후회를 하고, 면학의 중요성을 몸으로 학습했다. 아이러니한 일이다.

매일매일 생각하면서 살아가는 것도 학습의 하나이므로 과연 10대 때보다 사고력은 늘었다고 생각한다. 그러나 사색을 진전시키기 위한 기초가 결정적으로 부족하다.

기초 지식 양이 절대적으로 부족하면, 새로운 사건을 만나더라도 기억에 있는 지식과 그것을 연결 지어 깊게 이해할 수가 없는 것이다.

어른이라면 당연히 알아야 할 것을 몰라서 망신을 당하는 경우도 많다. 지명 읽는 법부터 시작해서 외국의 수도, 역사, 고전이라고 불리는 미술이나 문학작품, 전통예술에 이르기까지, 나는 모르는 것이 너무 많다. 지식은 양보다 질이라고 하지만, 그것은 일정한 양을 넘어선 다음의 이야기다.

결과적으로, 지식의 서랍은 텅 비어 있다. 허무의 공간을 바라볼 때마다 어느 시기에는 기억을 채워 넣는 것이 필요한 일이었음을 통감한다.

이제는 되돌릴 수 없다고 자책하고 있었는데, 나이를 먹어감에 따라 기억력이 저하된다는 통설은 잘못되었다는 기사를 보고 말았다. 학습만 하면 몇 살이 되었든 지식은 체득된다고 한다.

이것은 낭보인가 비보인가. 나머지는 내가 어떻게 하느냐에 달린 것 아닌가. 마땅히 기뻐해야 하는데, 왠지 절망적인 기분이 되었다.

12월의 마음가짐

12월이 되어버렸다. 1년을 되돌아보니 여러 생각이 들지만, 감상에 젖어 있을 새가 없다. 내년 다이어리를 준비해야만 하니 말이다.

나는 종이 다이어리에 스케줄을 관리하고 있다. 한 번 디지털로 옮겨봤지만, 기입에도 확인에도 쓸데없이 시간이 걸려서 종이 다이어리로 다시 바꾸었다.

다이어리는 편리하지만, 편리한 다이어리를 찾는 것은 어렵다. 위클리나 데일리 등 다이어리의 종류도 다양한데, 나는 먼슬리형을 좋아한다. 대부분의 다이어리에 있는 먼슬리 페이지는 위클리 페이지와 세트로 되어 있다. 나로서는 이것이 불필요한 것이다.

위클리 페이지에는 시각이 쓰여 있어서 시간에 쫓기는 사람의 스케줄 관리에 적당하다. 한편 나는 미팅 수보다 원고 마감 쪽이 많은 나날을 보내고 있다. 나에게 무엇보다 중요한 것은, 한 달간 예정된 일정을 한눈에 볼 수 있는 것이다.

다음으로, 메모나 아이디어를 바로 기입하는 노트 부분이 많은 것을 선호한다. 하루의 칸이 크고, 한 달의 일정이 쫙 펼쳐져 한눈에 보이면 더욱 좋다. 위클리 페이지가 없는 대신 노트의 페이지 수가 많으면 기쁨은 배로 증가한다.

사이즈가 큰 것은 양보할 수 없다. 가능하면 B5 이상을 원한다. 월요일부터 시작해서 토일은 알기 쉽게 색으로 구분되고, 가방 안에서 엉망진창이 되지 않도록 고정 밴드가 붙어 있는, 12월이 시작인 다이어리라면, 할렐루야!

지난 번에는 인터넷 사이트에서 눈에 띄는 것을 몇 개 고른 후, 열 곳 이상의 문구점을 돌아 실물을 확인하고, 고르고 골라 몰스킨의 대형 다이어리로 정했다.

1년간 사용한 감상은, 나쁘지는 않지만 베스트라고도 할 수 없었다. 쓰는 느낌은 먼슬리 다이어리가 나에게 맞았던 것 같다.

펼친 먼슬리 페이지 상단에 여백이 많은 것은 매우 도움이 되었다. 읽은 책, 본 영화, 들은 음악, 관람한 라이브 공연이나 미술 전시회 등의 타이틀만 여백에 적어두었더니, 12월이 되어 '올해는 뭘 읽고 뭘 봤더라?' 하고 망연자실하지 않고 마무리할 수 있었다. 이 습관은 내년에도 이어가려고 한다.

다음 달로 미룰 가능성이 있는 일은 모두 포스트잇 메모로 쓴 것도 보람이 있었다. 쏙 떼어서 다음 페이지에 착 붙이면 다 못 한 일을 자연스럽게 다음 달로 이어갈 수 있는 것이다. 확정 거출 연금과 백화점 적립, 이라고 쓴 해야 할 일 메모는 7월부터 매월 다음 달로 넘어가 12월까지 이동해왔다. 하지 않은 것은 문제지만, 잊어버리는 것보다야 낫겠지. 실행하지 못한 아이디어는 엄선해서 내년 다이어리에 붙이기로 한다.

되돌아보니 달성한 일도 있지만 변함없이 반성할 점도 있다. 한 해 목표를 건강이나 교양 등, 내면의 충족을 목표로 삼았었다. 교양은 시원찮지만, 덕분에 건강한 1년을 보낼 수 있었다. 반은 성공했으니 대단한 것이다.

……라고 쓰고 나서, 또 한 해가 지났다. 올해는 몰스킨과 거의 같은 기능을 가진, 먼슬리 한 칸에 괘선이 그어진 로이텀 다이어리와 함께 1년을 보냈다. 나쁘지는 않았지만, 이것도 베스트라고는 할 수 없었다.

그 결과, 내년 다이어리는 숙고 끝에 먼슬리 다이어리로 돌아왔다. 나로서는 역시 이것이 제일 쓰기 편하다. 허세를 부리고 싶은 기분은 건재하므로 오렌지색 올리베티 가죽 커버를 씌웠다. 유일하다고 해도 좋은 먼슬리 다이어리의 단점은 표지가 부드러운 것인데, 커버 덕분에 해결되었다. 정말로 이상적인 다이어리의 탄생이다.

자, 몇 년이나 이상적인 다이어리를 찾아다니며 절실히 생각한 것이 있다. 내가 말하는 '이상적인 ○○'의 이상이란 철저하게 나에게 편리하다는 의미다. 나 자신밖에 생각하고 있지 않다. 그러므로 '이상적인 ○○'의 ○○에 결코 생물을 집어넣어서는 안 되겠다고 마음속으로 정했다. 애인이라든가 상사라든가 부모님이라든가 반려동물이라든가 말이다.

살아 있어 다행이다

적극적으로 '죽음'을 선택하려는 것은 아니지만, 오디오의 일시정지 버튼을 누르듯 잠깐만 '살아 있는 것'을 보류하고 싶었던 적은 몇 번인가 있다.

최상의 컨디션일 때 일시정지 버튼을 누르려고 생각한 적은 없다. 대개는 싫은 일이 일어나, 지긋지긋해진 현실과 거기에 기가 죽은 자신을 참지 못해 버튼을 누르고 싶어진다. 하지만, 몸 어디를 찾아봐도 그런 버튼은 없다. 파이팅 스위치 같은 것도 당연히 없다.

술을 못 마시는 나에게 일시정지 버튼에 가장 가까운 것은 수면일지도 모른다. 수면은 믿음직스럽기도 하지만, 의지가 되지 못할 때도 있다. 눈을 뜨면 다짜고짜 의식도 깨어나버리기 때문이다. 눈을 뜨면 싫은 기억도 되살아나고, 또 하루가 시작돼버렸다고 고개를 떨구게 된다. 멋대로 재생 버튼이 눌려버리는 수면은, 내 의지로 다시 시작을 정하는 일시정지와는 비슷하면서도 전혀 다르다. 잠에서 깨어나면 나는 단지 시간이 지나기를 기다리는 수밖에 없다.

시간은 만능이다. 거의 모든 일에 다 통한다. 나이를 먹을수록 그렇게 생각하지 않을 수 없게 된다. 나는 시간의 경과가 가진 효능에 감사한다. 마치 지나가다 순식간에 당하는 것처럼, 부조리한 상처를 입었더라도 시간이 지나면 상처는 치유되기 시작한다.

완전히 치유되는 일은 없어도, '이 상처만큼은 잊고 싶지 않다'고 생각해도, 시간이 지나면 속상한 사건을 떠올리는 시간은 조금씩 줄어간다. 그리고 어떤 상처가 얼마나 되었는지조차 잊어버린다. 상처에 익숙해져버릴 뿐일지도 모른다.

익숙해지기만 하는 것은 좋지 않다. 재치 있게 현명하게 사태가 호전되도록 노력해야 한다. 나를 행복하게 하는 것은 나 자신밖에 없기 때문이다. 그렇게 해서 조심조심 살아가는 수밖에 없는 시기가 누구에게나 있을 것이다.

터널 벽을 손으로 더듬으며 걷고 있으면, 어디선가 "살아 있으면 좋은 일이 생긴다"라는 소리가 들려올 때가 있다. 젊을 때는 "태평한 소리 하고 있네"라고 어이없어했지만, 그렇다고 거짓도 아니라고 생각을 고쳐먹게 되었다.

살아 있으면 좋은 일이 있다. 아니, 좋은 일도 나쁜 일도 똑같이 누구에게나 일어난다. 하지만 아무리 나쁜 일이 일어나더라도 생기는 감정의 종류는 그렇게 풍부하지는 않다.

큰 실연에는 상실감과 자기 부정과 후회와 원망이 따랐다. 부모님의 죽음에는 비탄과 절망과 허무가 생겼다. 생애에 걸쳐 불이익을 낳는 불합리한 페널티가 여러 개 뒤섞여 주어질 때는 강한 분노가 추가되었다. 깊이에 차이는 있지만 내 경우 감정의 종류는 그 정도다. 익숙하다. 아아, 이것은 패턴B의 파생상품인가, 하고 자신을 달랠 수도 있다.

한편 기쁨은 언제나 신선하다. 좋은 대접에 익숙해지기는 했지만, 예상 밖의 기쁨은 언제나 나의 마음을 신선하게 흔든다.

그러므로 좋은 일과 나쁜 일이 같은 수만큼 일어난다면 가능한 한 살아 있는 쪽이 신선도가 높은 인생을 지켜갈 수 있다.

라이브 공연장에서, 어느 여성 아티스트가 말을 걸어와 깜짝 놀랐다. 어떻게 나를 아는 거지? 나는 그녀의 앨범을 가지고 있었지만, 그녀가 나의 책을 읽었으리라고는 생각지도 못했다.

같은 세대인 그녀는 내가 가지지 못한 모든 것으로 이루어진 듯 보였다. 누구보다도 맑고 부드러운 목소리와 희고 섬세한 손가락과 둥글고 커다란 눈과 곧은 머리카락을 가졌고, 연주 중에는 그녀의 손가락이나 입 언저리에서 반짝반짝 수많은 별이 쏟아져 내렸다. "100명 중 90명이 홀딱 반했다고 답했다"라는 설문조사 데이터가 나와도 나는 놀라지 않을 것이다. 덧없는 것으로만 만들어지고 모두가 덧없게 살아가는 듯한 이 세상에서 그녀는 결코 부서지지 않을 것 같은 강인함을 갖춘 존재처럼 느껴졌다.

한편 나는 발 언저리에서 조용히 피어나는 꽃의 아름다움을 깨닫지 못한 채, 몹시 땀을 흘리며 앞을 향해 성큼성큼 걸어가는 여자다. 그녀와는 완전히 정반대다. 그녀에게 어렴풋하게 질투도 느끼면서 재능에 탄복하기도 했다.

그녀는 그녀대로 자기와 같은 타입은 내가 싫어할 거라고 짐작했던 모양이다. 당치도 않다. 하지만, 말하고 싶은 바는 알겠다. 나도 그렇게 생각하고 있었으니까.

서로의 차이를 솔직하게 매력이라고 인정하게 된 것은 지금까지 살아왔기 때문이다. 나이를 먹었기 때문이란 말이다. 더 어렸다면 질투에 눈이 멀어 이렇게까지 되지는 않았을 것이다. 일시정지 버튼을 누른 채였다면, 만날 기회조차 없었을지도 모른다.

살아만 있으면 좋은 일은 생겨나는 법이니, 살아 있어 다행이다. 기쁨의 빛은 생각지도 못한 각도에서 쏟아지게 마련이다.

맺으며

우리 이대로 괜찮은 거다

나이를 먹었다는 것만으로 유연한 성인 여성이 될 리가 없다. 갑자기 머리가 좋아지는 일도 없고, 노력 없이 힙업이 되거나 가슴이 커지는 일도, 마음이 넓어지는 일도 없다.

마흔이 지나고 나서도 깜짝 놀랄 정도로 예쁜 사람은 원래부터 예뻤거나 의학의 힘을 빌린 사람이다. 박식한 사람은 옛날부터 노력해온 사람이다. 당연하다. 갑자기 매력적이게 되는 마법 따위는 어디에도 없다. 예전부터 그러지 않았던가.

알고는 있었지만, 왠지 몰라도 매일매일 할 일은 산더미고, 확실히 여러 선배들이 말한 것처럼 마음은 편해졌지만 체력 저하는 현저하고 항상 졸리고, 그런데 자도 몇 시간 안에 눈이 떠지는데 침대 시트의 주름 자국이 얼굴에 선명히 남아, 아침 샤워를 하면서 30대보다 바빠질 거라고는 생각도 못 했다. 나이 먹는 거 무서워, 오늘이 무슨 요일이었더라? 하며 귀밑을 벅벅 닦는 여자. 그게 나다. 그럭저럭 행복하다.

여자 친구들은 여전하다. 사람의 성격은 쉽게 변하지 않는다며 싱글벙글하지만 그래도 옛날에 비해 둥글둥글해졌네, 하면서 몸매도, 라고 불필요한 말을 덧붙인다.

남들과 모양새를 겨루고 고집을 부리던 기력과 체력은 어느새 거의 소진해버렸다. 뭐, 저 사람은 저런 점도 있는 사람이지, 로 끝난다. 대개는 가벼운 농담들로 시간이 흘러간다. 갈등이 생길 것 같으면 스윽 적절한 거리를 둔다. 맺힌 것 없이 끝내서 다음에 다시 만날 때 원만하게 하고, 쓸데없는 일에 걱정하지 않도록 심각한 이야기는 아슬아슬할 때까지 하지 않게 되었다.

아내가 되었거나 엄마가 되었거나, 또는 다시 싱글로 돌아왔거나, 친구들은 나와 달리 제각각 바쁘다. 육아도 부모님 간호도 아직은 여자 손을 필요로 하는 현실에 지긋지긋해하면서 그래도 모두 이상과 현실 사이에서 잠정적인 착지점을 발견하는 것이 훌쩍 능숙해졌다.

한편 나는, 만일의 사태를 대비한 유언장이란 어떤 걸까 하고 슬쩍 보고는 아직 여기까지 준비할 필요는 없구나, 하고 가슴을 쓸어내린다. 동시에 부모님에게 이것을 쓰게 하는 것은 꽤 괴로운 일이겠구나, 라고도 생각한다.

비관적으로 보자고 들면 한이 없지만, 낙관적으로 생각하면 내가 잃어버린 것은 기억력과 체력 정도다. 아줌마가 되면 얼마나 심한 일을 당하는 걸까 하고 겁낸 적도 있었지만, 젊은 시절에 '젊다'는 것만으로 득을 본 경험이 거의 없었던 터라 처지가 별반 달라지지 않았다.

덕분에 40대가 되어 주위의 태도가 훨씬 나빠졌다고 기죽을 일도 없고, 부모님 세대로부터 "결혼 안 하니?"라든가 "아이는 있어야 돼"라든가 "일만 하는 거야?"라는 질문을 듣지 않아도 되는 나날들이니, 매일의 피로가 풀리지는 않지만 나는 드디어 손에 넣은 낙원에 살고 있다.

내가 왜 낙원살이를 시작했는가 하면, 이것은 완전히 나이를 먹은 덕분이다. 파릇파릇 청춘들이여. 나이를 먹는다는 것은 좋은 거라우. 왜냐하면 포기해야 할 때를 알게 되거든. 즐거운 것은 내가 변했기 때문이다. '이래도 괜찮은 걸까?' '생각과 다른데……' 하고 허둥대는 것은 젊은 시절과 다르지 않다. 하지만, 그러고 나서 '에이 뭐 괜찮겠지'로 착지하는 스피드가 엄청나게 빨라졌다. 한순간에 착지한다. 의성어로 표현하자면 팡파앙! 이다. '팡'에서 고민하고 '파앙'으로 착지. 어때요? 참 빠르죠?

빨리 잊히지 않는 일도 있다. 가족이 그렇다. 익숙해질 뿐 잊을 수는 없는 것 같다. 하지만 애태우는 것에도 체력이 필요하다. 이것이 부쩍 줄어들게 된다. 그래서 좋다. 고민하다가 잠들어버리는 것은 나에게 일상다반사다. 아, 그래 그래. 나이를 먹어가면서 잃어버린 것에는 집중력도 있다. 얻은 것은, 절대로 양보하고 싶지 않은 것이 있을 때 버티는 힘과 넉살인데 이것은 재산이다.

굳이 말하자면 미래에 대비하는 것과 지금을 즐기는 것, 이 사이에서 균형을 잡는 것이 어렵다. 내가 아프면 간병은 어디에 맡기면 될까? 노후에 돈이 얼마나 있어야 될까? 인플레이션이 생기면 어쩌지? 경기가 더 나빠지면 어쩌나? 몸이 망가지면 어쩌지?

그럴 때만 상황에 맞는 좋은 기사와 나쁜 기사가 모두 눈에 들어온다. 죽을 때 듣는 후회는 "건강할 때 더 ○○했어야 하는데"가 가장 많다는, 신빙성이 있는지 어떤지 잘 모를 간호사(자칭)에게서 건너건너 전해 들었다는 이야기가 기사화되어 있다. 그리고 노후에 필요한 돈이 1억 이상이라는 것 또한 신빙성이

의심되는 기사다.

신빙성이란 정보나 증언 등을 믿어서 근거로 삼을 수 있는 정도를 말하는 것 같다. 그런 거 시대나 형편이 변하면 정답이 오답이 될 확률이 높지 않을까. 정답에도 유행에 따라 기복이 있다는 것이다. 애초부터 뭐가 정답인지는 사람마다 다르다.

착실히 노후에 대비해온 사람은 "젊을 때 좀 더 즐기며 살걸" 하고 후회하고, 그렇지 않은 사람은 "계획 없이 살지 말고 잘 준비해둘걸" 하고 한탄할 것이다. 그렇다면 정보나 증언은 참고 정도로 하고 "어떻게든 되겠지" 하고 자기를 믿는 편이 확실하다.

어떻게 하면 자기를 믿을 수 있게 될까 생각해보면, 무엇을 선택하든 그럭저럭 괜찮을 거라고 자기에게 증명해가는 수밖에 없다. 앞으로 무수히 많은 선택을 하며 나아가는 중에 내가 틀릴 것은 확실하겠지. 지금도 아주 잘못하는 중인지도 모르겠다고.

그렇다면 나는 틀려도 괜찮다. 거기서부터 회복할 수 있는 힘이 나온다고 자신을 설득해보는 건 어떨까. 오늘까지 무사히 살아왔으니 당신은 괜찮은 것이다.

물론 변화에 유연하게 대응할 수 있을 거라고 제멋대로 믿기만 하는 건 바람직하지 않다. 때로는 변화의 탁류에 몸을 던져 새로운 것에 도전하는 정도의 대담성이 필요하다.

킬리만자로 등정을 목표로 삼으라는 이야기가 아니다. 목표로 삼아도 좋겠지만, 그렇다면 천천히 시간을 들여야만 한다. 다만 나는 사양하겠다! 그런 것을 한다면 컨디션이 망가지니까. 지금 가장 잃고 싶지 않은 것이 체력이니까.

나에게는 오래된 남자친구가 있지만 아이는 없고, 아버지는 무일푼이므로 물려받을 재산도 부채도 없다. 틀림없이 60세가 넘어도 계속 일을 해야 될 것이다. 하지만 실패했다든가 손해를 보았다고는 생각하지 않는다. 현재는 그렇게 생각하지 않는다.

직업이 있어 도쿄에 살고 있고 건강하니 당연히 불만이 없겠죠, 하고 생각할 수도 있을 텐데, 그렇긴 하다. 그러나 이 상태를 불행하다거나 손해를 보았다고 정의하는 사람도 있다는 걸 알아주시기 바란다. 이것이 미래에 큰 손해가 되지 않으리라고 장담할 수도 없는 일이다.

그래서 나로서는 미리 정답을 정해놓지 않는 방법밖에는 달리 방법이 떠오르지 않는다. 최근 10년, 15년은 계속 그렇게 해왔다. 하지만 얼마간의 긍지는 가지고 있으려고 한다. 나는 어떻게든 할 수 있다, 라는 긍지 말이다.

마음이 우울해지지 않을 정도로, 불안에 짓눌려 무너지지 않을 정도로 대비하고는 있다. 하지만 자그마한 자존심을 방어하기 위해 "저 포도는 틀림없이 엄청 실 거야"라고 단정 짓는 것이 아니라, 무언가 부족하다고 자책하는 일 없이 "현시점에서는 내 손에 있지도 않은 저 포도를 시다고 느끼는 사람도 있을 테고, 달다고 느끼는 사람도 있을 테고, 언젠가 저것이 내 손에 들어올지도 모르는데, 들어온다 한들 행복해진다는 보장은 없다" 정도로 애매하게 두는 것이다. 그렇게 하면 자동으로 지금의 나는 넘치지도 모자라지도 않은 상태가 된다.

하루하루는 그럭저럭 즐겁다. 40대가 되니 좋은 일이 계속 생겨나서 즐거워졌다는 것이 아니다. 먹고 떠들고 또 먹고, 마시고 마시게 권하기도 하고, 놀고 일하고 또 일하고, 아이를 키우거나 부모님을 간병하고, 지치면 멍하니 쉬어본다.

그러니 우리, 괜찮은 거다.

제인 수

옮긴이 임정아

건국대학교 일어교육과를 졸업했다. 일본 쓰쿠바 대학 일본문화학과 교환학생 경험을 바탕으로 일본어와 일본 문화에 폭넓은 관심을 갖게 되었으며, 박람회에서 일본 통번역을 진행하는 등의 다양한 일본 문화 활동에 참여했다. 번역한 책으로는 『스마트 육아』가 있다.

소녀와 노인 사이에도
사람이 있다

초판 1쇄 펴낸날 2021년 12월 16일

지은이 제인 수
옮긴이 임정아
펴낸이 배경란 오세은
펴낸곳 라이프앤페이지
주 소 서울시 마포구 신촌로2길 19, 316호
전 화 02-303-2097 **팩 스** 02-303-2098
이메일 sun@lifenpage.com
인스타그램 @lifenpage
홈페이지 www.lifenpage.com
출판등록 제2019-000322호(2019년 12월 11일)
디자인 ROOM 501
교정교열 안강휘

ISBN 979-11-91462-07-4 (03810)